ひとりの時間を愉しむ極意

# 孤独は贅沢

ヘンリー・D・ソロー
Henry David Thoreau

増田沙奈/訳　星野響/構成



興陽館

ひとりならどこにでもいけるし、すぐにはじめられる。

ひとりがいちばんだ。
ひとりなら、思ったときにすぐにはじめられる。

# はじめに

あなたはいま、この本を一人で読んでいるはずです。

それは、本と向き合っているいまこの時間、あなたは「孤独」と向き合っているということです。

こんなふうに、誰もが一日のうちに何度も「孤独」と出会います。
この時間を楽しめるか、楽しめないかで、人生は大きく変わってきます。

世の中には、自分がひとりになることを不安に思い、孤独と向き合うことを徹底的に避ける人もいます。
でも、たったひとりで自分自身と向き合う時間は、実は、人生においてこれ以上ないぐらい貴重なものなのです。

孤独を楽しめるようになると、人生が充実していきます。
ひとりの時間を味わい、楽しめるようになることで、孤独はただの「寂しい時間」から、これ以上にない「贅沢な時間」に様変わりするからです。

『森の生活』の著者、ヘンリー・D・ソローは若い頃、次のように考えました。

どんなに仲のいい友達でも、いつも一緒にいるとうんざりしてくる。

考えごとをしている人や、仕事をしている人は、孤独に向き合っている。

ひとりだと、森や山や湖や海、季節の移り変わりという自然の美しさを、思うぞんぶんに味わい、世界の広がりを知ることができる。

私は、深く生きて人生の精髄を吸い出し、そのすばらしさを実感してみたい。

自分の人生に、広い余白を持ちたい。

生きることを、あきらめたくない。

その後ソローは、

「自分の時間を贅沢に過ごしたい。いよいよ最後に死ぬときに、本当の人生を生きていなかったと後悔したくない」という強い思いに駆られ、都会から離れて、ひとりで森の中での生活をはじめました。

湖のほとりにある、家と呼ぶのがはばかられる粗末な小屋の中にあったのは、小さなベッドと机、いす、ただそれだけです。誰も訪ねてこないその部屋で、ソローはひとり、「孤独の時間」と向き合いました。

そして彼は、その孤独な生活の中で、いくつもの貴重な「人生の原則」をみつけていきます。

さあ、あなたも次のページを開いて、森の奥から聞こえてくるソローの声に、耳を澄ませてみてください。

本書が、あなたが「本当の自分」に出会い、「自分にとって、本当に幸せな人生」を手に入れるきっかけになることを願っています。

孤独は贅沢　ひとりの時間を愉しむ極意

目次

# 1章

# 孤独は自分を成熟させる

## ひとりを愉しむ極意

# 01

## とびきり上等な孤独になれる時間を、一日一回持つ。

「ひとりの時間の過ごし方」

話し相手がほしいとき、ぼくはよく船べりをオールで叩いてこだまを呼び起こした。その音は輪のように広がり、森を満たした。それは獣にけしかけるようでもあり、やがて森のあちこちから、うなりにも似た声が返ってきた。あたたかい夜には、ボートに乗ってフルートを吹いた。すると、音色につられてパーチという魚がやってきて、ボートのまわりをゆったりと泳ぎはじめた。のぞき込むと、湖底に散らばった小枝の間を、月がゆっくりと渡っていった。

(『WALDEN』 CRW PUBLISHING LIMITED より)

# 02

ひとりになれば心と時間にゆとりができる。
「贅沢なとき」を実感できる。

「『いま生きている』を実感する瞬間」

ぼくが森での暮らしに惹かれたのは、ひとつに、春の訪れを感じる心と時間のゆとりがほしかったからだ。湖の氷がいよいよシャーベット状になりだすと、ぼくは散歩しながら、かかとをその中につけて遊んだ。霧と雨と元気を取り戻してきた太陽が少しずつ雪をとかし、日が刻一刻と長くなりだすと、ぼくは新しい薪を割る手をとめ、暖炉の火を小さくした。春の足音を聞き逃すまいと、ぼくはいつも耳をそばだてていた。すると、渡り鳥の鳴き声が思いがけず聞こえてきたり、エサを探しに出てきたシマリスや、春の日差しに誘われたウッドチャックの姿が、目に飛び込んでくるのだった。

（『WALDEN』CRW PUBLISHING LIMITEDより）

# 03

金もない。
仕事もない。
友達もいない。
だから、すぐに旅に出られる。

「ひとり旅に出る理由」

ある二人の若者が、連れだって海外に旅に出ようと思っていた。一方は一文無しで、いく先々で魚を釣ったり畑を耕したりして暮らそうと思っていた。もう一方は、ポケットに為替手形を持って出発した。この二人が、やがて仲たがいし、一緒に旅をするのをやめるであろうことは簡単に想像がつく。なにせ、片方には働く気がさらさらないのだ。旅の醍醐味であるハプニングに見舞われたとき、二人は別々の道を選ぶだろう。旅に出るなら、ひとりがいちばんだ。ひとりなら、思い立ったときにすぐ出発できる。道連れがいると、いちいち待ったり予定をあわせたりで、なかなか旅立てない。

（『WALDEN』CRW PUBLISHING LIMITEDより）

04

あなた自身を探求すればいい。
その旅が、もっとも遠くへあなたを連れていく。

「自分自身を旅する効果」

昔の哲学者の教えいわく、「汝、自らを旅するべき」だ。そのためには、広い視野と勇気がいる。自分から目を背けた人たちだけが戦争にいく。彼らは自分という敵から逃げ出した臆病者だ。いまこそ、西の最果てを目指して旅立とう。ミシシッピ川の先にも太平洋の先にも、道は果てしなく続いている。その道は、決して朽ち果てた国へは続いていない。その道を真っ直ぐに、夏も冬も、昼も夜も、太陽が沈み月が沈み、最後には地球自体が沈んでしまったあとも、進み続けよう。

（『WALDEN』 CRW PUBLISHING LIMITEDより）

05

# ぼくはひとり、
# ぼくだけを見つめ、
# ぼくだけについて書けばいい。

「自分を見つめる方法」

ぼくはひとり、人里離れた森の中で暮らしていた。場所は、マサチューセッツ州コンコードのウォールデン湖のほとり。自分で小屋を建て、自分で作ったものだけを生活の糧として、ぼくは二年半の間そこで暮らした。ほとんどの本で、一人称の「ぼく」は省略される。でも、ここではずっと使っていくつもりだ。この、とことん自分という存在に固執するところが、ぼくの本とほかとの大きな違いだ。ぼくたちは、自分の口から出ている言葉なのに自分の考えで話していることをついつい忘れがちだ。

(『WALDEN』CRW PUBLISHING LIMITEDより)

# 06

# 他人に評価される人生だけが正しいわけじゃない。それはひとつの生き方にすぎない。

「生き方に固執しない理由」

みんながうらやんだり褒めたりする人生は、生き方のひとつにすぎない。それならなぜ、ほかには目を向けず、ひとつの生き方だけに固執しなければならないのだろう。

（『WALDEN』 CRW PUBLISHING LIMITEDより）

# 07

毎日たくさんの人と会わなくてもいい。
それよりたったひとりの誠実な人との、
時間を大切にするんだ。

「たくさんの人とは会わない理由」

誠実な人には、決して自分を偽る付き合いをしてはいけない。そこに徳と友情の芽があるなら、自分のちっぽけなプライドで、相手をあざむいたり侮辱したり追い返したりしてはダメだ。ぼくたちは、こんなにひっきりなしに人と会わなくてもいいのだ。たいていの人と、ぼくは会っていても会っている気がしない。だって、相手の心がそこにないから。ぼくと会っていても、考えているのは畑のマメのことだろう。

(『WALDEN』 CRW PUBLISHING LIMITED より)

08

ぼくたちは絶望ではなく勇気を、
堕落ではなく安らぎを、
分かちあうんだ。

「人は花と実のような存在」

ぼくは、人は花と実のような存在でなければいけないと思う。花のようにふわりといい香りをただよわせ、交わることでおたがいが精神的に熟していけるのが、理想だと思うのだ。そんな人の善意は、気まぐれも分け隔てもなく、泉のようにとめどなくわき出てくる。これこそが、聖書のいう「慈愛は多くの罪を覆えばなり」の真意だ。博愛主義者たちは、常に、自分も同じ悲しみを過去に味わったことがあると言って、同情という名のベールでぼくたちを覆おうとする。ぼくたちが分かちあわなければいけないのは、絶望ではなく勇気であり、堕落ではなく安らぎと喜びだ。堕落は伝染するので、注意しなければならない。南のどの平原から、ぼくたちに助けを求める声が聞こえてくるというのだろう？いったいどこに、光が必要な異教徒がいるというのだろう？　ぼくたちが改心させたがっている、危険極まりない乱暴者とは、いったいだれのことなのだろう？

（『WALDEN』 CRW PUBLISHING LIMITEDより）

# 09

見えないものに真実がある。
見えるものだけに、
惑わされてはいけない。

「目に見えないものを見る方法」

ぼくたちは、目に見えるものが真実だと思っている。たとえば、だれかがこの町を歩いて、真実だけを見透かすとしたら、「ミル・ダム商店」はきっと見えないだろう。その人が、町で見たさまざまな真実を語っても、きっとぼくたちは、それが自分の町だとは気づかないはずだ。教会、裁判所、刑務所、商店、住宅、それらを真実の目で見たとき、なにが見えるか話そうとしても、きっと言葉にした瞬間、バラバラと砕けていくだろう。

（『WALDEN』 CRW PUBLISHING LIMITEDより）

# 10

もう手を使わなくていい。
頭を使って、ぼくは土を掘っていく。

「自然と同じように生きる」

時は、ぼくが釣り糸を垂れる小川にすぎない。ぼくはそこで喉もうるおす。でも、ふとのぞき込むと砂底が見え、ぼくは小川が想像していたよりずっと浅いことを知る。そして薄っぺらな「いま」は流れ去り、あとには「永遠」が残る。ぼくが飲みたいのは、その水だ。ぼくが釣りをしたいのは、星のような小石が底にきらめく川なのだ。ぼくは数字の一さえ知らない。アルファベットの最初の文字もわからない。生まれた日のように、賢くなれたらどんなにいいだろうといつも思っている。知性は、たとえるなら大きな肉切り包丁だ。物事の本質に沿って切り込んでいける。ぼくはもう、必要以上に手を使いたくない。頭こそが、ぼくの手であり足なのだ。ぼくは自分の知性が、すべて頭に宿っているのを感じる。だから、動物が鼻や前足を使って土を掘るのと同じように、ぼくは頭を使って土を掘るのだ。ぼくは頭を使って、鉱脈を掘りあてたいのだ。おや、ぼくの頭がこのあたりにお宝のにおいがする。占い棒とうっすら立ちのぼる湯気を見てごらん。さあ、ここを掘り進めよう。

(『WALDEN』CRW PUBLISHING LIMITEDより)

# 11

死や病気について考えすぎてはいけない。
生きている限り、それは隣りにあるから。

「危険を避ける方法」

老人、病人、それに臆病者は、年齢や性別にかかわらず、みんな、病気や突然の事故、それに死のことで頭がいっぱいだ。彼らにとって、人生は危険以外のなにものでもない（考えなければ、危険などどこにもありはしないのに）。だからそんな人たちに言わせると、慎重な人は、万一のときいつでも医者がいちばんにかけつけてくれる場所にいるそうだ。そういう意味で、彼らにとって村はcommunityという言葉の語源（com：共同でmunitus：防衛された）どおり、まさに「助けあい同盟」なのだ。彼らの用心深さは、ベリーを摘みにいくにもわざわざ救急箱を持って出かけるほどだ。突き詰めれば、ぼくたちは生きている限り、常に死と隣りあわせにある。はじめから死んだように生きていれば、その危険が少しは減るだけの話だ。動こうがじっとしていようが、死はいつもみんなの頭上に平等にあるのだ。

（『WALDEN』 CRW PUBLISHING LIMITEDより）

12

人生の闇の森に迷えばいい。
そこから自分自身を発見しはじめる。

「自分の場所の見つけ方」

いわゆる「ナイフで切り裂けそうな暗闇の夜」には、村の通りでも道に迷う人が多いと聞く。迷ったのが森なら、生涯忘れがたい、貴重で不思議な体験になるだろう。吹雪のときなどは、昼間でも、ふだんからよく知っている道なのにどちらに進んでいいかわからないことがよくある。ぼくたちは、完全に迷子になるか、一周まわって同じ場所に立ってみないと、自然がいかにミステリアスで雄大か理解できない。ぼくたちは目覚めるたびに、自分がいまどこにいるか、コンパスを見て確かめる必要がある。道に迷ってはじめて、別の言い方をすれば、世界を見失ってはじめて、ぼくたちは自分を見つけ、自分の置かれた状況や、世界との無限のつながりに気づきはじめるのだ。

(『WALDEN』 CRW PUBLISHING LIMITEDより)

# 13

「いいこと」をすれば、決して損をしない。
「いいこと」はお金のかからない投資だ。

「善行は損しない投資」

ぼくたちの人生は、まさに善悪のせめぎあいだ。そして善行こそ、ただひとつ絶対に損のない投資と言える。世界を吹き渡るハープのような風の音に耳を澄ますと、そんなことを思い知らされて、ぼくは感動を覚える。それはまるで、宇宙の保険会社の使者が自分たちのサービスを宣伝してまわっている声のようで、ぼくたちは保険料としてささやかな善行を納めるだけでいい。そのうちぼくたちは払っていることすら忘れてしまうけれど、宇宙のほうはずっと覚えていて、どんなときでもいちばん耳を澄ます人のそばにいる。そよ風が吹くたびに、戒めの声を聞けばいい。耳を澄ませば、きっと聞こえるはずだ。そして風に少しでも触れた途端、はっとする教えに胸を突き刺されるはずだ。そう考えると、町の騒がしい喧騒は、ぼくたちの生活の卑しさを風刺する得意げで愉快な音楽のようにも聞こえてくる。

(『WALDEN』CRW PUBLISHING LIMITEDより)

# 14

頭の上だけではない。
天は、どこにでもある。
それに気付く人が幸せになれる。

「ものの見方を変えるコツ」

雪が積もると、湖と平原は区別がつかなくなった。まわりの丘で冬眠しているマーモットと同じで、湖もいまはまぶたを固く閉じ、春がくるまでの眠りについていた。ぼくは牧場にいるみたいな気分で湖に立ち、足元に積もった一フィートほどの雪を掘り、その下の氷を割った。ひざまずいて水を飲むと、まるく開いた窓から、やわらかな光に包まれた魚たちの姿が見えた。きらめく砂が敷き詰められた湖底も、夏のままだ。氷の下には、波のない、永遠に平和な世界が広がっていた。それはまるで、たそがれどきの琥珀の空のようでもあり、湖の静かな住民たちの姿をそのまま映し出しているようでもあった。天はぼくたちの頭上だけでなく、足元にも存在するのだ。

（『WALDEN』 CRW PUBLISHING LIMITEDより）

# 15

本当の友人は、
付き合いの長さから生まれるのではなく、
見えている世界の共通項から生まれる。

「見えている世界の深さ」

その老人は自然を観察し尽くしていて、まさに生き字引、まるで自然という船が作られたときに竜骨の据えつけを手伝ったのではないかと思われるほど、自然に精通していた。その知識は、数百年生きているのではと疑うほどだった。そんな彼が、自然にはまだまだ知らない顔がたくさんあると言って話しはじめると、ぼくは、自然と彼との間には、なにひとつ隠しごとがないことを思い知らされた。

(『WALDEN』CRW PUBLISHING LIMITEDより)

# 16

金持ちにも、
貧乏人にも、
どんな人にも新しい春が訪れる。
それはただひたすらに美しい。

「世界でいちばん美しいもの」

春一番のスズメ！　はつらつとした希望に満ちた一年のはじまり！　雪どけの野原から、ブルーバード、ウタスズメ、ワキアカツグミたちの、雪のしずくにも似た、鈴の音のようなかわいらしい歌声が聞こえてくる。そんなとき、歴史や、年表や、言い伝えなどの紙の上の知識が、なんの役に立つというのだろう？小川は浮かれ、喜びの歌を歌う。鷹の仲間のハイイロチュウヒは、草地をかすめながら飛び、出てきたばかりのミミズを捕まえようともう張り切っている。あちこちの谷から雪どけの音楽が聞こえ、湖では氷がするするとけていく。丘では草が命を吹き返したように萌えあがる。偉大なローマの学者はこう言った——「かくて草は、最初の雨にうながされ、いままさに萌え出でんとす」。その様子は、まるで大地が戻ってきた春を出迎えようと、精いっぱい自分の熱を送り出しているかのようだ。

（『WALDEN』 CRW PUBLISHING LIMITEDより）

# 17

宇宙には、邪心がない。
同情もない。毒もない。
そんな宇宙のように生きればいい。

「必要以上に邪推しない」

賢い人は、宇宙には邪心がないとわかっている。毒に見えるものも実は毒ではなく、与えられた傷も決して致命傷ではない。そもそも同情する必要なんてなく、そんなことをするのは時間のムダだ。いくら宇宙に懇願しても、ぼくたちの訴えなどあっという間に退けられてしまうのだから。

（『WALDEN』 CRW PUBLISHING LIMITEDより）

18

いまいる場所が世界のすべてではない。
世界は、ぼくたちには、
とても見渡しきれないほど広い。
鳥は世界の広さを知っている。

「本当の人生がはじまる瞬間」

1章：孤独は自分を成熟させる――ひとりを愉しむ極意

いまいる場所だけが世界ではない。セイヨウトチノキはニューイングランドでは育たないし、マネシツグミはここらへんではほとんど知られていない。ぼくたちとくらべて、ガンはなんて広い世界を知っているんだろう。彼らはカナダで朝食をとり、オハイオ川でランチを食べ、夜は南部の入り江で羽を休める。野牛さえ、少しは季節を感じながら生きている。その証拠に、イエローストーン川の草が青々と茂り甘くなると、彼らはちゃんとコロラド川から移動する。ところがぼくたちは、自分の家のまわりに石垣を積んでからというもの、ここからはもう一歩も外に出られない。これが自分の居場所であり人生なのだと思いこんでいる。町役場の書記官にでもなれば、確かにこの夏「火の土地」と呼ばれるティエラ・デル・フエゴへはいけないだろう。それでもやっぱり、最後には火のような地獄に送られることになるかもしれない。世界は、ぼくたちにはとても見渡しきれないほど広いのだ。

（『WALDEN』 CRW PUBLISHING LIMITED より）

19

自分を見つめる。
撃ち抜くぐらいの視力で、
自分自身を見つめる。
宇宙でいちばんの発見ができるはずだ。

「宇宙でいちばんの発見とは」

キリンを追いまわしに、いそいそと南アフリカへ出かける人がいる。でも彼らが本当に追い求めているのは、そんなものではないはずだ。いったいいつまでそんなことを続ければ気がすむのだろう？　シギを撃っていればじゅうぶん気晴らしになるのに。でもぼくが思うに、なにより高尚なゲームとは、自分自身を撃つことなのだ。その目を内に向けよ。そうすれば、これまで気づかなかった千もの世界が見えてくる。それをひとつずつ渡り歩けば、やがては内なる宇宙を統治できる。

（『WALDEN』 CRW PUBLISHING LIMITEDより）

# 20

一等船室から出よ。
水夫になってマストの前に立てば、
世界がよく見える。

「自分が見張り台に立つ効果」

ぼくは一等船室でおとなしく旅をするんじゃなく、水夫になってマストの前に立ち、世界をこの目で見てみたいと思っていた。山を照らす月明かりも、そこからならよく見える。いまとなってはもう絶対、船室には戻りたくない。

（『WALDEN』 CRW PUBLISHING LIMITEDより）

# 21

自分の夢に向かって、
自信を持って進み、心に思い描いた通りの人生を、
送ろう。
夢はそもそも膨らますものなのだから。

「夢に向かう理由」

ぼくは森での生活から、少なくともこんなことを学んだ。自分の夢に向かって自信を持って進み、心に思い描いた通りの人生を送ろうと努力すれば、ぼくたちは予想もしなかった成功にめぐり会える。そんなふうに生きると、ぼくたちはなにかを捨て、目には見えない境界線の向こうへ踏み出せる。すると、新しい、普遍的で柔軟な法則が自分の中とまわりに見えてきて、前から知っていた法則すら急に広がりを見せ、自分にとって新たな意味を持ちはじめる。つまり、もっと高いところから自分を見おろせるようになるのだ。シンプルに生きるにつれ、宇宙の法則もだんだん読み解けるようになり、孤独を孤独だとは思わず、貧しさを貧しいとは思わず、弱さを弱みとは感じなくなるだろう。夢ばかりが膨らんでも、それはムダではない。だって、夢はそもそも膨らますものなのだから。そこに続く道を、いまから考えていけばいい。

（『WALDEN』 CRW PUBLISHING LIMITEDより）

22

自分自身に、
限界を作らずに生きてみればいい。
可能性の輪郭は、
どこまでも広がっていくものだから。

「自分の限界を作らない理由」

ぼくはなににも縛られずに語りたい。まだ半分夢を見ている人が、同じように半分夢の中にいる人に話すように。ぼくは真実を語るためなら、いくら誇張が混ざっていようとかまわないと信じている。真実のしらべを聴いたあとなら、どんな手段を使ってもそれを伝えたいと思うのがふつうではないだろうか？未来や夢を語るときに、自分で自分の限界を作ってはいけない。可能性の輪郭は、霧がかかったみたいにいつもぼんやりさせておくものだ。

（『WALDEN』 CRW PUBLISHING LIMITEDより）

# 23

他人の人生をうらやましがらない。
それより自分の夢に乗り出す準備をはじめよう。

「望まない現実を生きない」

自分の夢に乗り出す準備すらできていないのに、ほかの人の人生を生きたいと願ったところでなんになるだろう？　望みもしない薄っぺらな現実を生きて、途中で座礁するなんて馬鹿げている。それとも、ただ上だけを見て、必死に青《あお》天井《てんじょう》を作っていけばいいのだろうか？　でもそんなことをしても、完成したところでぼくたちは、きっとはるか彼方の、ほんものの神秘の空を仰ぎ見るはずだ。

（『WALDEN』 CRW PUBLISHING LIMITEDより）

# 2 章

# 求めないと豊かになれる

## 持たないを愉しむ極意

24

人生を変えなくていい。
自分を変えなくていい。
必要以上を求めなくていい。

「必要以上を求めない」

やたら自分を変えようとしたり、色々なモノから影響を受けようなんてしないことだ。それは命のムダ遣いにすぎない。謙虚になれば暗闇のように、天の光があらわになる。貧しさとみすぼらしさの影がぼくたちにつきまとうときこそ、ある詩人の言葉を借りれば「見よ！　万物がぼくたちの前に広がる」のだ。どれだけの富を与えられても、ぼくたちの目指す先は常に同じでないといけないし、そこにたどりつく手段も、基本的には同じでないといけない。

（『WALDEN』CRW PUBLISHING LIMITEDより）

# 25

時間を味方につけたら自由になれる。
自分の好きなことに没頭すればいい。

「時間をムダにしないから自由になれる」

ぼくにはぼくなりのやり方があり、とりわけぼくは自由を愛し、切り詰めた生活でもやっていけたので、わざわざ高価なじゅうたんや家具、豪華な料理や立派な家を手に入れるために時間をムダにしたくはなかった。ぼくにとっては、自給自足の生活こそが、どんな仕事より自由に見えた。なにしろ、年に三十〜四十日働ければ、あとは自分の好きなことをして暮らせるのだ。自給自足の生活は、太陽が沈むとともに終わり、あとはなんの気兼ねもなく自分の趣味に没頭できる。それにひきかえ商売人は、くる日もくる日も頭を悩まし、一年じゅう、心休まるときがない。

（『WALDEN』 CRW PUBLISHING LIMITED より）

26

身軽に生きることで、
暗闇の中にいても、
いつも自分を見つけることができる。

「身軽に生きる」

できるだけ質素な身なりをしていたほうが、暗闇でも自分を見失わずにいられる。日々、どんな場面でも余裕を持って身軽に暮らしていれば、たとえば敵に攻められても、昔の偉大な哲学者のようにひらりと手ぶらで逃げられる。持つなら三枚のシャツより一枚のコート。自分の身の丈にあった服が少しあればじゅうぶんだ。たとえば、五ドルの上着を一着買えば五年はもつし、厚手のズボンなら二ドル、ウシ革のブーツは一ドル半、夏用の帽子なら二十五セント、冬帽なら六十二セント半で買える。

(『WALDEN』CRW PUBLISHING LIMITEDより)

27

余計なモノは一切いらない。
シンプルで最低限必要なモノは、
素敵なインテリアになる。

「必要最小限のモノと暮らす」

ぼくの理想は、暮らしていくのに必要なものはすべてそろっているけれど、余計なモノは一切ない家だ。必要なモノはすべて見渡せるところにあり、道具類はきちんと壁にかかっている。ひとつしかない部屋は、キッチン、パントリー、リビング、寝室、倉庫、屋根裏部屋に、そのときどきで自在に変化する。樽やはしごなどのよく使う道具、食器棚などの便利な家具は、いつもすぐ目の前にある。そんな家では、やかんのわく音、夕食を作らせてくれる火、パンを焼かせてくれるかまどに、感謝の気持ちがわいてくる。必要最低限の家具や道具こそ、実は素晴らしいインテリアなのだ。

(『WALDEN』 CRW PUBLISHING LIMITED より)

28

流行や世間体なんてつまらない。
タンスいっぱいの服はもういらない。

「服は直しながら着る」

ぼくたちは服を買うとき、流行や世間体ばかりを気にして、実用性をあまり考えていない。いまこそ、服を着る最大の目的は、体温を保つこと、そしてつけ足すなら、裸で歩きまわらないようにするためだと思い出してはどうだろう。そうすれば、どこへ出ていくにしろ、タンスいっぱいの服なんて必要ないとわかるだろう。王様や女王様のように、お抱えの仕立て屋にぴったりに作らせた衣装でも、一度しかそでを通さなければ、体になじむ、本当の着心地のよさは味わえない。そう考えると、彼らはまるでハンガーかマネキンだ。毎日身につけるうちに、洋服はいわばぼくたちの皮膚となり、その人自身になっていく。そして最後には手放すのをためらった挙句、泣く泣くお別れを言ったあとでないと捨てられなくなる。それは本当に、体の一部でも失うかのような感覚だ。

（『WALDEN』CRW PUBLISHING LIMITEDより）

# 29

自分のやるべきことを見つけた人は、
どんな服を着ていても美しい。
大事なのは生き方だ。

「古着を美しく見せる力」

自分の使命を見つけた人は、新しい服に身を包む必要がない。屋根裏でほこりをかぶった古着が一着あればじゅうぶんだ。ボロ靴だって、英雄が履けば従者が履くより——そもそも英雄には従者なんていないかもしれないけど——長持ちする。靴なんかなくても、英雄は素足でじゅうぶんだからだ。ぼくの服や靴が、神に祈りを捧げるのにふさわしければ、なにをとやかく言う必要があるだろう？　たとえば着古した上着が、擦り切れ、ほつれ、ただの布切れになり、貧しい子どもに与えるのさえためらわれるような代物になるのを見届けた人がどれだけいるだろう？　貧しい子どもでさえ、自分より貧しい子どもにゆずってしまいたくなるほど、ボロボロになるまで服を大切にした人がどれだけいるだろう？　新しい服はいるのに、新しい発想はいらないという仕事には用心したほうがいい。中身がそのままなのに、服だけ変えてもどうにもならないじゃないか。

（『WALDEN』CRW PUBLISHING LIMITEDより）

30

他人と同じものをほしがるから、
貧しくなる。
本当に必要なのは、手の届く場所にあるのに。

「人と同じものをほしがらない」

ほとんどの人は、家とはそもそもなにか考えたことがなく、他人と同じような家に住まなければと思いこみ、本来なら無縁の貧乏暮らしを強いられている。これではまるで、仕立て屋が仕立てた服ならすべて自分にあうと思っているのと同じじゃないか。あるいは、目の前にあるシュロの葉やウッドチャックの革の帽子をかぶらずに、王冠がほしいと言ってこの世を嘆くようなものじゃないか！ いまよりもっと便利で贅沢な、だれにも手が届かない家を設計することはいくらでもできる。少しは「足るを知る」ことを学んだらどうだろう。そんなモノを手に入れようと躍起になっている。

（『WALDEN』CRW PUBLISHING LIMITEDより）

# 31

「所有物」に鎖でつながれて前に進めないまま、
多くの人が死んでいく。

「モノに縛られない」

もし、君に人を見抜く力があれば、相手を見ただけで、キッチン用品から捨てられずに山積みになっているがらくたまで、その人がどんなモノを持っていそうか、手に取るようにわかるだろう。そういう人は、まるで自分の所有物に鎖でつながれたまま、前へ進もうともがいているみたいに見える。別の言い方をすれば、自分の体はどうにか穴を通り抜けたのに、運んできた家具がつかえて身動きが取れなくなっているように見えるのだ。たとえば、見るからに好印象で、柔軟な考え方のできそうな人が、家具の保険の話なんかしているのを聞くと、「やっぱり保険に入ったほうがいいかなぁ?」なんて聞くと、ああ、これで哀れな蝶がまた一匹、クモの巣に引っかかった、と思ってしまうのだ。

(『WALDEN』 CRW PUBLISHING LIMITEDより)

# 32

「所有」という名のあなたの、
心の自由を奪う罠に気をつけろ。

「荷物は軽くする」

あるとき、移民が大きなコブのような荷物を背負い、フラフラしながら歩いてくるのに出くわして、ぼくはつくづく哀れに思った。あれが全財産か、と思ったからではなく、あんなに置いてくるわけにはいかなかったモノがあるのか、と思ったからだ。もしぼくがそんな状況に追い込まれたら、なるべく荷物は軽くして、自分の持ち物で首を絞めたりしないように気をつける。でも、そもそもはじめから、所有という名の罠に足を取られないようにするのがいちばんだ。

(『WALDEN』CRW PUBLISHING LIMITEDより)

# 33

本当に必要なモノを持っていないのは、
金を持っている人たちのほうである。

「自分にシャツを一枚買ってやる」

ぼくはいつも、みすぼらしい格好をしたアイルランド人たちが、湖の氷を切り出しているのを気の毒に思いながら見ていた。身を切るような寒さのある日、その中のひとりが足を滑らせて湖に落ちたと言って、暖を取りにぼくの小屋にきた。男は、重ね着した三枚のズボンと二足の靴下を脱ぎ、濡れた体をあたためた。ズボンも靴下もほつれたり破れたりはしていたけれど、それでも、重ね着するだけの量の服を彼は持っていたのだ。ぼくが上に羽織るものをすすめても、男は受け取らなかった。本当に必要なもののはずなのに。そう思うとなんだか情けなくなってきて、ぼくは古着を百枚その男に恵んでやるより、自分にフランネルのシャツを一枚買ったほうがよっぽど利口だと思った。

（『WALDEN』 CRW PUBLISHING LIMITEDより）

# 34

お金やモノに目がくらんで、
追いかけるほど、
自分が薄っぺらなものになっていく。

「お金に目がくらまない」

人は、お金やモノを得るために、あの手この手で相手の機嫌を取ろうとする。嘘をついたり、お世辞を言ったり、支持したり、やたら縮こまりかしこまっているかと思えば、見せかけだけの気前のよさをひけらかす。それもこれも、すべては、相手の持っているモノやお金に目がくらんでのことだ。

（『WALDEN』 CRW PUBLISHING LIMITED より）

# 35

手にしているものは、
本当に自分で選んだものなのだろうか。
本当に自分がほしかったものなのだろうか。

「それは本当に必要なの？」

日々の暮らしで本当に必要なものや手段はなにかを考えると、ぼくたちはいまの生活を、自分の意志で、いちばん快適だと思うから選んできたかのように見える。でも心の中では、ほかに選択の余地がないと思いこんでいるのだ。

（『WALDEN』CRW PUBLISHING LIMITEDより）

36

ひとりで暮らしてみると、
わかってくることがある。
つまり、生きるのに、
最低限必要なものは、
ほとんど変わらない。

「人生で本当に必要なモノ」

森にこもって原始の生活を体験してみると、生活に最低限必要なものとはなにか、それらを手に入れるにはどうすればいいかがよくわかる。これがないと生活できないという、身のまわりの品はなんだろう? それを考えれば、いくら時代が進歩しても、ぼくたちの生活を支えているものは、昔となんら変わらないと気づくはずだ。それは、たとえばぼくたちの骨格が、祖先とくらべてそう違わないのと似ている。ぼくが言う生活必需品とは、降って湧いたものではなく、自分で努力して手に入れ、時を超えて生活に欠かせなくなったものを指す。だから、未開の地に住む人も、貧しい人も、哲学者も、みんなそれなしには生きていけない。そう考えると、ぼくたち命あるものにとって、それはただひとつ「食べ物」しかない。

(『WALDEN』CRW PUBLISHING LIMITEDより)

# 37

貧しさをじっくり育てよう。
いまあるものを大切にするんだ。
そうすれば、世界が小さくなることはない。

「服や友を新しくしない」

貧しさを庭のハーブのように育てよう。洋服も友人も、次から次へと新しく取り替えてはいけない。古ければ裏返して使い、いまあるものに目を向けよう。ぼくたちが変わらない限り、世間はなんにも変わらない。服を売ってでも、自分の思いを貫こう。神は、そんな姿をちゃんと見守ってくださる。もし、屋根裏の隅にクモみたいに閉じ込められても、夢を持ち続ける限り、ぼくたちの世界はちっとも狭くなったりしない。

（『WALDEN』 CRW PUBLISHING LIMITEDより）

# 38

本当に必要なものは自分で作ればいい。
ゆっくり作るほど長持ちするものになる。

「ゆっくり作ると長持ちする」

ぼくは自分の作っている暖炉が、少しずつ、きっちり四角形に積みあがっていくのを見てうれしくなった。時間をかければかけるほど、長持ちするように思えた。煙突は、ある意味家から独立し、地面から屋根を突き抜け天へと伸びている。家が焼け落ちたあとも、煙突だけはちゃんと残っていることもたまにある。それだけ重要で、独立性の高いものなのだ。

（『WALDEN』CRW PUBLISHING LIMITEDより）

39

火にも顔がある。
その顔と向き合えば、
こびりついた心の汚れが、
取り払われていく。

「道具はいらない」

こんなにストーブが普及しだすと、先住民を真似て昔はジャガイモを灰で焼いていたことも、あっという間に忘れられてしまうだろう。ストーブは場所を取るし、においがきつい。そしてなにより、火が見えない。火が見えないと、ぼくはなんだか友だちの姿が見えないみたいで悲しくなる。火にもちゃんと顔があるのだ。ぼくたちは夕方仕事から帰ると、火を見つめて、その日一日で心にこびりついた土や泥を払い落とし、清めていた。でもいま、ぼくの前からそんな火がなくなろうとしている。

（『WALDEN』 CRW PUBLISHING LIMITED より）

# 3章

# お金がないと幸せになれる

## 清貧を愉しむ極意

# 40

ぼくらは静かな絶望の中で生きている。
絶望を慰めてくれるのは野生の魂だけだ。

「あきらめて、お金を得ようとしない」

ほとんどの人が、静かな絶望の中で生きている。いわゆるあきらめとは、絶望の自覚にほかならない。ぼくたちは都市に絶望し、田舎へいっても絶望し、ミンクやマスクラットなどの野生動物の勇気に出会ってやっと慰められる。絶望は、気づきこそしないが、ぼくたちが競技や娯楽と呼ぶものの中にも潜んでいる。そこに喜びは存在しない。喜びは、仕事のあとにやってくるからだ。それでも、絶望からの行動に出ないのが、ぼくたちの知恵と言えば知恵だろう。

（『WALDEN』CRW PUBLISHING LIMITEDより）

# 41

自ら作ったものを、
だれにも売らなくていい方法を考える。
自分で愉しむのが大事なことだから。

「自分で作ったものを売らなくていい方法」

以前、カゴを編んだとき、ぼくはだれかに買ってもらうために作ったりはしなかった。ぼくは編むこと自体に価値を見出したので、まわりに価値があると思ってもらうにはどうすればいいかではなく、売らずにすむ方法を考えた。

(『WALDEN』CRW PUBLISHING LIMITEDより)

42

人間は、お金の問題を、
複雑な方法で解決しようとする。
だから、豊かな暮らしをしていても、
いつまでも本当に豊かになれない。

「心から豊かになる方法」

ぼくたちは生活にまつわるお金の問題を、やたらと難しい公式を使って解こうとする。それはまるで、靴ひもを買うのに牛を売ろうかと考えるようなものだ。自由気ままな生活を手に入れようと、ぼくたちは罠をせっせとしかけるが、いざその場を立ち去ろうとした途端、自分の足を引っかけてしまう。これでは、いつまで経っても貧しさから抜け出せるわけがない。ぼくたちはみんな、物質的には豊かな生活をしていても、星の数ほどある原始的な楽しみをひとつも味わえていない。チャップマンはこう歌っている。偽りの人の世よ……地上のおごりゆえに天上の楽しみは雲に消えゆく。

(『WALDEN』 CRW PUBLISHING LIMITEDより)

43

いまの生活を維持することだけを、
考えているなら、なにも変えられない。

「だれかが歩いた道をたどらない」

訪ねてきた人たちの特徴は、イヤでも目についた。商売人はもちろん農民すら、気になるのは、こんなところに住んでさみしくないのか、いったいぼくがどんな仕事をしているのかといった、ぼくのユニークな生活の詳細についてだった。自分も森を散歩するのが好きだ、なんて言っていたけれど、ウソなのはまるわかりだった。彼らは落ちつきがなく、生活費を稼ぐことしか頭にないようだった。牧師は牧師で、まるで神は自分のものだと言わんばかりにしゃべりまくり、ほかの人の意見にはひとつも耳を貸さなかった。医者も然り、弁護士も然り、お節介なおかみさんたちも然り。なんと彼女たちは、ぼくが留守の間に戸棚やベッドをこっそりのぞいていたのだ!(そうでなければ、ぼくがどんなシーツを使っているかわかるはずがない)そして若者たちはすっかり老い、だれかが歩いた道をたどるのがなにより安全だと思いこんでいた。

(『WALDEN』 CRW PUBLISHING LIMITED より)

## 44

自分の取り分ばかりを計算するのは、
やめにしよう。
要求するほど自分で自分を、
不自由にしていくのだから。

「収穫を計算しない」

実りが少ないなんて、よく考えるとあり得ない。雑草が生えても、その種は小鳥たちのエサになるのだから、ぼくたちは喜ぶべきではないだろうか？　ぼくたちの納屋が刈り取ったものでいっぱいになるかなんて、たいした問題ではない。リスが「今年はクリがいっぱい食べられるかな」と悩んだりしないように、ほんものの農夫ならつまらないことに気を揉んだりせず、日々自分の仕事に精を出し、畑にあれこれ要求するような真似はしないことだ。ほんものの農夫なら、最初はもちろん最後の実りすら、神に差し出そうとするだろう。

（『WALDEN』 CRW PUBLISHING LIMITEDより）

45

その強欲な男の畑は、
花も実も育たない。
お金しか実らない。
本当の豊かさがわかる貧しさがほしい。
貧しいほど人は豊かになっていく。

「貧しいほど豊かになる」

ぼくは、ヤツの働きに頭を下げる気になれない。価値があるとされている農場も、ちっともすごいと思わない。ヤツは、お金になるとわかれば、景色も神もそっくりそのまま、市場に売りに出かけるような男だ。お金こそが、ヤツにとっての神なのだ。ヤツの土地では、作物も、果物も、花も、実も育たない。育つのはドルだけだ。なぜ、自分が育てた果実を美しいと愛せないのだろう？　お金にならないと、実は熟したことにならないとでも言うのか？　ぼくなら、ほんものの豊かさのわかる貧しさがほしい。そういう意味で、ぼくには農民がまぶしく見える。貧しければ貧しいほど、ぼくは農民たちを尊敬する。

（『WALDEN』 CRW PUBLISHING LIMITED より）

# 46

## 自分の欲望の奴隷になるな。
## 自分の命をお金のためにすり減らすな。

「お金のために自分をすり減らさない」

ぼくは、紅茶もコーヒーも飲まない。バターもミルクも肉も食べない。だからそれを買うために働く必要がない。働く必要がないと、お腹もあまり減らないのでたくさん食べようとも思わない。ほんのわずかな食費ですむ。ところがコーヒーが飲みたい、肉が食べたい、と欲が出だすと、それを買うために必死で働かなければならなくなる。そして働くともちろんそのぶんお腹も減るので、たくさん食べずにはいられなくなる。そして結局、豊かになるどころか、働けば働くほど貧しくなっていく。いつまで経っても満たされないだけでなく、自分の命をお金のためにすり減らすことになるのだ。

(『WALDEN』CRW PUBLISHING LIMITEDより)

47

本当の美はお金で買えない。
春になれば、
冬に枯れた草木さえ、
美しくなる。

「お金は金で買えないもの」

地面から雪がところどころ消えはじめ、あたたかい日が何日かつづいた頃、ひょっこり顔を出したいじらしい春のしるしと、冬を乗り越えた草木の荘厳な美しさを見くらべるのは楽しかった。ヤマハハコ、アキノキリンソウ、オランダフウロなどのしとやかな野の草花は、夏にならないと美しさは熟さないようだったけれど、この季節のほうがなぜかその姿は引き立ち、心惹かれるものがあった。

（『WALDEN』CRW PUBLISHING LIMITEDより）

48

ひとりの時間、窓の外の変化に気づく。
そこには一年の四季の変化の中に、
千年にも及ぶ感動が待ち伏せている。

「感動は買えない」

暗くどんよりした冬から、光り輝くうららかな春への移り変わりは、すべてが塗り替わるようで、本当に目を見張る。そしてその瞬間は、どうやらまばたきする間に終わってしまうらしい。ある日、小屋にまばゆい光が差し込んだ。もうすぐ夕暮れなのにどうしたのだろう。ぼくは不思議に思って窓の外を見た。すると、どうだろう！ 昨日まで灰色の氷が張っていたはずなのに、氷はいつの間にか水へと変わり、夏の夕暮れのような静けさと希望に満ちていた。目にはみぞれがしたたっているというのに。空には冬の雲が垂れ込め、軒からは見えないけれど、水面にはもう夏空が広がっている気さえした。遠くでコマドリの声がして、ぼくはその声を数千年ぶりに聞いたような気分になった。そして昔と変わらないそのやさしく力強い歌声を、また数千年の間、忘れることはないだろうと思った。

(『WALDEN』 CRW PUBLISHING LIMITEDより)

49

貧しい人のほうが、だれよりも自由に暮らしている。
純粋に施しを受けられるからだ。

「貧しい人ほど自由に暮らせる」

春がくれば、どんな貧しい家の前の雪もとける。心が澄んでいれば、どんな粗末な暮らしをしていても、宮殿にいるのと同じくらい満ち足り、まわりの人にさえ希望を与えながら生きていける。ぼくには、貧しい人たちのほうが、だれより自由に暮らしているように見える。ひょっとすると、彼らはなんのためらいもなく施しを受けられるかもしれない。そしてそれは、よく考えれば立派なことなのだ。

(『WALDEN』CRW PUBLISHING LIMITEDより)

50

勇気ある貧者は、
軽薄な人間にならなくてすむ。
余分なお金は、余分なモノしか
もたらさない。

「清貧の賢さを持つ」

貧しいせいで色々と不自由し、たとえば本や新聞が買えなくなったとしても、人としていちばん大切なものを取りあげられるわけではない。逆に貧しいおかげで、砂糖やでんぷんみたいに人生でいちばん甘い部分が味わえる。骨に近い生活が、なによりおいしい。貧しいおかげで、ぼくたちは薄っぺらなつまらない人間にならなくてすむのだ。心さえいつも高く持っていれば、お金がなくても失うものはなにもない。余計な富で買えるのは余計なモノだけだ。魂が求めるものを買うのに、お金はいらない。

（『WALDEN』 CRW PUBLISHING LIMITEDより）

# 51

愛よりも、
お金よりも、
名声よりも、
真実を私に与えよ。

「お金ではない、ぼくがほしいのは真実」

愛でもなく、お金でもなく、名声でもなく、ぼくがほしいのは真実だ。ぼくは以前、テーブルから落ちそうなくらいたくさんの豪華な料理とワインが振る舞われるパーティーに出席したことがある。どいつもこいつもお世辞ばかりで、誠実さのかけらもなかった。ついにぼくは我慢ならなくなって、料理には手をつけずにとっととその場から立ち去った。まるで氷のもてなしを受けたみたいだった。酔いざましにはもってこいだ。ヤツらは、このワインはヴィンテージものだとか、すごくめずらしいとか、そんなことばかりをぼくに語って聞かせた。でも、そのときぼくが考えていたのは、ヤツらには絶対に買うことのできない、古いけれど新しい、この上なく純粋な、世にも美しいワインのことだった。

〈『WALDEN』CRW PUBLISHING LIMITED より〉

52

お金がなくても、
退屈することはない。
自然を見よ。
世界を見よ。
見たことのない、
新しいことが毎日起こっている。

「お金はなくても退屈しない」

この世界には絶えずなにか新しいものが流れ込んできているのに、ぼくたちは退屈で死にそうだと言う。文明の最先端をいく国でさえ、いまなおどんな説教を聞かされているか、考えたことがあるだろうか。喜びや悲しみなんて、いわば鼻声で歌う讃美歌のリフレインにすぎない。つまりぼくたちは、そんなありふれた薄っぺらなものしか、信じていないのだ。

(『WALDEN』CRW PUBLISHING LIMITEDより)

# 4 章

# ひとりの暮らしは美しい

## 暮らしを愉しむ極意

## 53

ぼくは、
家具に占領された部屋にいるよりも、
外に座っていいたい。

「家具に占領されない」

ぼくたちは賢く分別があるから、それに見あう数の家具を持っていなければ、なんて考えたら、いったいどうなってしまうだろう！　いまでさえ、ぼくたちの家は家具で溢れかえり、けがされている。それならいっそのこと、ぼくは外に座っていたい。だれかが土でも掘り返さない限り、草にはちりひとつ、つきはしないのだから。

（『WALDEN』 CRW PUBLISHING LIMITEDより）

54

最高の芸術作品は、
俗世から自分を苦悩しながら、
解き放つときに生まれるものだ。

「道具に使われるな」

4章：ひとりの暮らしは美しい——暮らしを愉しむ極意

　ぼくたちは、自分の作った道具を使うどころか、その道具に使われている。お腹が減れば木の実を取って食べていたのが、いまでは田畑を耕している。雨が降れば木の下に身を寄せていたのが、いまでは家を持っている。夜を外で過ごさずにすむようになったのと引き換えに、ぼくたちは地上にのさばり、天を忘れてしまった。ぼくたちはみんな、この世のためには家を、あの世のためには墓を建てる。最高の芸術作品は、俗世から自分を苦悩しながら解き放つ過程で生まれるのに、いまの芸術は、単に俗世を称賛し、天を忘れさせるものにすぎない。いまや真の芸術品を飾る場所は、家にも町にも、ぼくたちの生活のどこを探しても見あたらない。一枚の絵をかけておく壁もなければ、英雄や聖人の像を置いておく棚さえないのだ。

（『WALDEN』CRW PUBLISHING LIMITEDより）

55

貧しい時代に建てられた古い民家を、
多くの芸術家たちが描こうとする。
その美しさは、
住んでいる者の素朴な暮らしから生まれる。

「本当に美しい家とは」

もっとも趣ある住まいとは、画家たちも好んで描く、貧しい人たちの住む、素朴で飾り気のない丸太小屋や田舎の家だ。そしてその趣を醸し出しているのは、そこに住む人々の暮らしであり、家のたたずまいだけでは決してない。そう考えると、都会人が郊外に持っている家も、住む人がやたらと変な工夫を凝らさず、ささやかで心豊かな生活を心がければ、田舎の家と同じような趣が出てくるだろう。

（『WALDEN』 CRW PUBLISHING LIMITEDより）

56

自分で育てた食べ物だけを食べていれば、
決して不幸にならない。
それを少しだけ高価で売ろうとするから、
自由がなくなる。

「小さく暮らす方法」

質素な生活を心がけ、自分が食べる以上のものは育てず、育てたものを贅沢品と取り替えたりしなければ、ぼくたちはほんの二、三エーカーの畑があれば暮らしていける。ぼくはほかにも、ウシの力を借りるより自分で耕し、使い古しの畑に肥料をまくより、ときどき畑の場所自体を変えたほうが安あがりだということを学んだ。そうすれば、必要な農作業はすべて夏の間に片づき、いまみたいにウシや馬やブタを追いかけずにすむ。ぼくのこの発言の裏には、なんの政治的、経済的な意図もない。森での生活の間、ぼくはコンコード中のどの農夫より自由だった。なぜなら、家や畑に縛られずに、いつでも自分のひらめきのままに行動できたからだ。たとえ、小屋が焼けたり農作物が不作でも、ぼくの生活はなんら変わらなかっただろう。

(『WALDEN』CRW PUBLISHING LIMITEDより)

# 57

なぜ引っ越しをするとき、
家具を持っていくのか。
その家具は、
あなたの自由を奪う罠なのに。

「家具を持つデメリット」

引っ越しのとき、なんの足しにもならないがらくたのような家具が山ほど荷車に積まれ、天と人の目にさらされても、みんな恥ずかしくないのだろうか？ぼくは、いくら積み荷をじっくり見ても、その持ち主が金持ちなのか貧しいのか判断できた試しがない。ただ、持ち主は決まって不幸のどん底みたいに見えた。家具を持つのは、まるであらゆる罠を自分のベルトにくりつけるような行為だ。ぼくたちはそれをずるずる引きずって、生涯生きていかなければならない。イソップ物語のキツネのように、罠にしっぽを残して逃げたほうがどれほど幸せかわからない。

（『WALDEN』 CRW PUBLISHING LIMITEDより）

# 58

カーテンはいらない。
木陰という自然のカーテンがあるから。
靴用のマットもいらない。
玄関の前の芝生で靴を脱ぐから。

「カーテンはいらない」

ぼくの小屋にはカーテンすらなかった。太陽と月のほかにのぞき見する人なんていなかったし、彼らにならぜひ、のぞき込んでほしかったからだ。ときどき、太陽の熱烈なまでの友情にひるむことはあったけれど、そんなときは木陰という自然のカーテンに隠れればすんだ。一度知りあいの女性が、玄関マットをゆずってくれようとしたけれど、置く場所がないし手入れも面倒だし、と思って断った。家に入る前に芝生を踏むのでじゅうぶん。わずらわしさは、芽の段階で摘み取るのがいちばんだ。

（『WALDEN』CRW PUBLISHING LIMITED より）

59

自然の一日は、
ゆっくりとおだやかに過ぎていく。
この一日の中に、
生活の根拠を求めていくのだ。

「時間の軸は自分の中にある」

ぼくの毎日は、一時間ごとに区切られることも、時計の針の音にイライラさせられることもなかった。なぜなら、プリ・インディアンと同じように暮らしていたからだ。彼らは、「昨日、今日、明日をすべて同じ言葉であらわし、後ろを指させば昨日、真上なら今日、前なら明日というふうに、指さす方向で意味の違いを表現している」のだという。知人に話すと、なんていい加減なやり方なんだと言われたが、鳥や花なら、きっとわかってくれただろう。ぼくたちは、時間の軸を自分の中に見出さなければならない。自然が刻む時間はとてもゆっくりだから、少々のんびりしたところで、自然はぼくたちをとがめたりしない。

(『WALDEN』 CRW PUBLISHING LIMITED より)

60

なにもない部屋に、
友人を招こう。
パンを一緒に焼き、
そのふくらむ様子を見ながら
会話をしよう。

「部屋にはなにも置かない」

ぼくのいちばんお気に入りの部屋は客間で、いつでも客を招くことができた。カーペットに滅多に光が届くことのないその自慢の部屋は、なにを隠そう、小屋の裏にあるマツ林だった。夏に特別の来客があると、ぼくは彼らをそこに通した。すると、風というとびきりの召使いがあらわれて、一瞬で床は掃き清められ、ちりは払われ、文句のつけどころのない部屋が完成した。ふらりとひとりでやってきた客とは、一緒にささやかな食卓を囲み、プディングを作ったり、パンが焼きあがるのを待ちながら、あれこれと語りあった。

（『WALDEN』 CRW PUBLISHING LIMITEDより）

61

やろうと思えば、
借家の一年分の家賃で、
家を建てることができる。

「家は安く建てる」

ぼくは、きみの家のすぐ近くに住んでいて、こんなふうに釣りをしているので怠け者に見えるかもしれないけれど、きみと同じように自分の力で生活している。きちんとした、明るく清潔な家もある。きみのあばら家の一年分の家賃と、そう変わらない費用で建てたんだよ。

(『WALDEN』CRW PUBLISHING LIMITEDより)

62

夜は小さな明かりでいい。
天井が少し見えるぐらいの明るさ。
高価な絵よりも、
私たちの創造力を引き出してくれる。
その想像力が映し出す世界が素晴らしい。

「小さな明かりの素晴らしさ」

家のしっくいを塗る前、壁板にはたくさんの隙間があったので、煙突の煙がうまくはけて好都合だった。風通しのいい涼しい小屋で、ぼくはふしだらけの褐色の板や、頭上高くに渡されている樹皮のついたままの垂木を見あげながら、楽しい夜をいくつも過ごした。しっくいを塗ってからは、確かに快適になったものの、以前のようにはワクワクしなくなった。ぼくたちの住まいは、見あげたときにぼんやりと暗く、夜には垂木に暖炉の火がちらちら揺れるのがかすかに映るくらいがいいんじゃないだろうか？　そんな家のほうが、フレスコ画やきらびやかな家具の並んだ家より、想像の翼を羽ばたかせるにはよっぽどいい。

（『WALDEN』CRW PUBLISHING LIMITED より）

# 63

本当によい部屋は、
ひとつの部屋に、
大きな家一軒分の魅力が備わっている。

「本当によい部屋とは」

ぼくの小さな住まいでは音の反響は楽しめなかったけれど、ひと部屋しかないうえにまわりに家がなかったので、小屋の中は実際より広く感じられた。ひとつの部屋に、すべての楽しみが詰まっていた。キッチン、リビング、寝室、客間、そのすべての機能をひとつの部屋が果たしていた。そしてぼくは、親、子、主人、召使いなど、家に集うすべての人の視点で、その住まいでの暮らしを楽しんだ。

(『WALDEN』 CRW PUBLISHING LIMITED より)

# 64

友は、いつもの生活の場で、
迎え入れることだ。
客間はいらない。

「客間はいらない」

最近はどこの家も、客を家族の集う暖炉には通さず、わざわざ、客用の暖炉を別に設けている。近頃のもてなしは、客を遠ざけておくことを指しているようだ。料理も、毒でも入っているのかと疑いたくなるくらい、客の目に触れないようこっそり作る。ぼくはこれまで、下手するとつまみ出されそうなくらい多くの家にお邪魔してきたけれど、本当の意味でのもてなしを受けたことがないように思う。もし、王様とお妃様が、ぼくの理想の質素な家に住んでいるなら、ぼくは古着のまま、ひょっこりお邪魔する。でも豪華なお城に招かれでもしたら、ぼくは一刻も早くそこから逃げ出したいとしか思わないだろう。

(『WALDEN』 CRW PUBLISHING LIMITED より)

# 65

北風に長い時間吹かれ、
体の芯から冷えたときでも、
小屋に入った途端、命の炎が勢いよく燃え出す。
あたたかさに、家の豪華さは関係ない。

「家は豪華でなくていい」

動物は雨風をしのげる場所に寝床を作り、それを自分の体温であたためる。ところが人は、火を発見したおかげで、広い場所に空気を閉じ込め、自分の体温を使わずにそこをあたためて、寝床を作り、服を脱ぎ捨て、冬でも夏のように暮らしている。おまけに窓を作って光を取り入れ、ランプを灯して昼を長引かせるようにもなった。北風に長時間吹かれ、感覚がなくなるくらい体の芯から冷えたときでも、小屋に入った途端、ぼくは体がじんわりあたたまり、命の炎がまた勢いよく燃え出すような気がした。あたたかさに、家の豪華さは関係ない。それに、いつ人間が滅びるかをあれこれ議論するのも時間のムダだ。北風が少しでも機嫌を損ねれば、ぼくたちの命なんてたちまち絶えてしまうのだから。

(『WALDEN』CRW PUBLISHING LIMITEDより)

66

やせた土地がいい。
堕落から自分を守ってくれる。

「やせた土地で暮らす」

その小さな村は、ウォールデン湖とブリスターの泉から、いくらでも新鮮で体にいい水を手に入れられた。ただ住人たちは、酒を薄める以外に水の使い方を知らなかった。どいつもこいつも、ただの飲んだくれだったのだ。カゴを編む、ほうきやマットを作る、トウモロコシを育てる、亜麻糸を紡ぐ、陶器を作って売る……。そんなふうにして、原野にバラを咲かせられなかったのだろうか？ 次の世代に土地をゆずり渡せなかったのだろうか？ やせた土地だからこそ、自分たちを堕落から守ってくれたはずなのに。でも悲しいことに、人が住んでその土地が美しさを増すことはついになかったのだ！

（『WALDEN』 CRW PUBLISHING LIMITEDより）

67

ひとりの詩人の気力は誰にも負けない。
なぜなら、彼らを突き動かしているのは、
純粋な愛だから。

「詩人の力」

深い雪をかき分け、荒れ狂う風をものともせず、はるか遠くからぼくの小屋にやってきたのは、ひとりの詩人だった。農夫も、猟師も、兵士も、新聞記者も、さらには哲学者だって、ときには気力をくじかれる。でも、詩人の気力だけはだれにもくじけない。なぜなら、彼らを突き動かしているのは純粋な愛だからだ。彼らがいつやってくるかは、だれにもわからない。詩人は、いまだと思えば医者が寝ている時間にだって外に飛び出していく。ぼくたちは、小屋を陽気な笑い声で揺るがし、そうかと思えばまじめなつぶやきで満たし、ウォールデン谷へ長い間いっていないのを思い出して謝ったりした。それにくらべて、ブロードウェイのさびれぐあいといったら！ 規則的に起きる笑いは、だれかがいましゃべった話に向けられているのか、それともこれから話そうとしている内容に向けられているのか、まったくわからない。ぼくたちはオートミールをすりながら、「人生とはなんぞや」と語りあい、陽気さと哲学を合体させた、だれも説いたことのない新しい人生論をぽんぽんひらめいていった。

（『WALDEN』CRW PUBLISHING LIMITEDより）

# 5 章

## 小さく働けば自由になれる

### 自由を愉しむ極意

68

〝こんなふうにしか生きられない〟と、
僕たちは思い込んでいるが、
本当にそうだろうか？
もっと自由に生きられるはずだ。

「思いこみから解放されるには」

ぼくたちは、自分の仕事の価値を誇張して考えがちだ。ぼくたちは一日じゅうまわりに気を遣い、夜になればよくわからないまま祈りを捧げ、よくわからないものに誓いを立てる。そんなふうにして、望まない生活が価値あるものだと思いこみ、それを変えようとは思いもしない。こんなふうにしか生きられない、とぼくたちは思いこんでいる。でも、本当にそうだろうか？　見渡してみれば、いま自分のいる場所からはいくらでも、コンパスのように自由に線が引けるはずだ。

（『WALDEN』 CRW PUBLISHING LIMITEDより）

# 69

みんなが家にいて、
生きるのに最小限の仕事をしていれば、
多くのものは不要だ。
いらないものがあると、
その不要なものに支配されていく。

「最小限の仕事をすればいい」

もしぼくたちが、枕木を切り倒すのも、レールを敷くのも、昼夜を問わず工事をするのもやめれば、だれが鉄道を作ってくれるだろう？　鉄道がなければ、頃あいよく天国にたどりつくこともできない。でも、みんなが家で自分の仕事に打ち込めば、そもそも鉄道など必要だろうか？　ぼくたちが鉄道に乗っているのではない。鉄道が、ぼくたちに乗っかっているのだ。列車の走る枕木が、どんなものか見てみたことはあるだろうか？　実はその一つひとつは人間で、アイルランド人だったりアメリカ人だったりするのだ。

（『WALDEN』CRW PUBLISHING LIMITED より）

# 70

すべてのものから手を放し、
自然に身をゆだねる。鳥のように。
自分に降り注ぐ幸運に、静かにほほ笑む。

「手放す方法」

窓に差し込む西日や、遠くに聞こえる旅人の馬車の音にはっとして、いつの間にこんなに時間が経ったんだろう、と思うことがよくあった。森の夏、ぼくは夜のトウモロコシのように成長し、ポーチでのんびりする時間は、どんな仕事をして過ごすより素晴らしかった。ぼくはいつの間にか時間が過ぎていても、惜しいとは思わなかった。むしろ、いつもよりたっぷり時間があるように思えた。東洋人の言う瞑想とか無為がどんなものか、わかった気がした。気づけば夜になっていても、なんとも思わなかった。そして日ごとに、自分の仕事が減っていくように思えた。朝がきたと思ったら、次の瞬間にはもう夜になっている。とくにこれといった仕事はしていない。ぼくは鳥のように歌いこそしなかったが、自分に降り注ぐ幸運に、静かにほほ笑んだ。

(『WALDEN』CRW PUBLISHING LIMITEDより)

# 71

風に吹かれるままなにもしない。
ただ流れるまま運命をうけいれることが、
ときに生産的な仕事になる。

「なにもしない、という仕事をする」

ぼくはよく、湖の真ん中までボートをこぎ出して、あとはそよ風に任せて、ごろんと横になりながら空想にふけって夏の朝を過ごした。いつも我に返るのは、決まってボートが砂浜にぶつかったときで、そうなってやっと、ぼくはのんびり起き出し、運命の女神は今日はどこにぼくを連れ出してくれたかな、と思ってあたりを見るのだった。あの日々、ぼくがいちばん魅力を感じパワーを発揮できたのは、なにもしない、という仕事だったのだ。

(『WALDEN』CRW PUBLISHING LIMITEDより)

72

必要ないモノは、
すべて捨てよ。
そして決別せよ。
たいしてほしくはないものを、
買わされるために働く人生と。

「必要ないモノは捨てる」

彼らはいまも勇敢に、自分たちなりのやり方で、必死に人生と戦っているだろう。でも、どんなくさびを打ち込んでもびくともしない敵陣を前に、それならいっそやり過ごしてしまえと、まるでアザミを扱うように、人生を適当にあしらおうとしている。このままでは、彼らに勝ち目はない。

(『WALDEN』CRW PUBLISHING LIMITEDより)

73

本当に知るべき重大ニュースは、
めったにない。
それなのに、人々は、
毎日ニュースを知りたがる。

「新聞を読まない理由」

たとえばスペインについてなにか記事を書くなら、ドン・カルロス、インファンタ、ドン・ペドロ、あとはセビリア、グラナダといった都市の名前を散りばめれば、ぼくが新聞を読まなくなってから多少変わっていたとしても、事実とそう違わない記事が書けるだろう。それでも困ったら、闘牛を持ち出せばいい。それだけで、新聞記者顔負けの記事が完成する。イギリスなら、記事になるくらい大きな出来事は、一六四九年の清教徒革命くらいだろうか。あとは、年間の平均収穫量をさかのぼれば、それでなにか金儲けでもしようと考えていない限り、その記事を何度も見返す必要はないだろう。新聞にめったに目を通さない人からすれば、自分の知らない場所で起きたことなんて起きていないも同然で、それはフランス革命にも言えることだ。

（『WALDEN』CRW PUBLISHING LIMITEDより）

74

なにも持たず、
日の出に立ち会う。
それだけでも、
人生において重要な意味がある。

「人生の重要な意味」

ぼくは夏も冬も、まだみんなが寝静まっている頃に起き出して、自分の仕事に取りかかった。村の農夫や木こりに聞けば、みんな仕事帰りのぼくとすれ違ったと言うだろう。ぼくがいないと日が昇らなかったわけではないけれど、ただ日の出に立ち会うことに、なににも代えがたい価値があったのだ。

（『WALDEN』 CRW PUBLISHING LIMITEDより）

# 75

本当の人間科学を探求できるのは、
自然の一部になった人間だけだ。

「自然と暮らす人間の智恵」

猟師、木こりなど、野や森で一生を送る人は、ある意味自分たちが自然の一部なので、哲学者や詩人みたいになんらかの期待を持って自然に近づく人たちとくらべて、はるかにさりげなく自然を観察できる。そして自然も、そういう人に対しては、自分を包み隠さずさらけ出してくれる。そして旅人も、大草原では猟師になり、ミズーリ川やコロンビア川の上流では漁師になり、セント・メアリーの滝でも漁師になる。でも、受け売りやかじっただけの知識で旅をする人は、ただの旅行者(ツーリスト)であり、決して自然と親しくはなれない。ぼくたちがなにより興味を惹かれるのは、自然とともに暮らす人が、身をもって、もしくは本能的にどんなことを学び取ったかということだ。そしてそれだけが真の人間科学であり、人としての経験の価値なのだ。

(『WALDEN』 CRW PUBLISHING LIMITED より)

76

なにも持たずに朝日に向かう。
自然と同じように、
簡素に生きればいいことに気づく。

「簡素に生きればいい」

毎朝太陽が昇ってくるのを見ると、ぼくは自分の人生もこんなふうにシンプルでいいんだと思えてきた。自然と同じようにありのまま生きればいい、そう感じられた。それからというもの、ぼくはまるでギリシャ人のように、暁の女神オーロラを心から崇拝してきた。夜明けとともに目覚め、湖で沐浴した。それは一種の宗教儀式であるとともに、ぼくにとって、なにより大切な習慣のひとつだった。

（『WALDEN』 CRW PUBLISHING LIMITED より）

# 77

利益だけを求める人がいる。
会社のことだけを考える人がいる。
彼らが作る服は、
ぼくたちに、
ぴったり合うことはない。

「工場で作った服は着ない」

いまのアメリカの工場制度は、洋服を作るのに最適だとはとても思えない。職人たちの労働条件は、日ごとにイギリスに近づいてきている。それもそのはず。なぜならぼくの知る限り、いまの工場制度が目指しているのは、ぼくたちが誠実に働いたお金でちゃんと服を買えるようにすることではなく、明らかに会社を肥やすことだからだ。

(『WALDEN』CRW PUBLISHING LIMITEDより)

78

いままでの出来事よりも、
ずっと多くのものを、
私たちは信じることができる。

「あしたをよくするために」

ご老人、好きなだけ偉そうなことを説いてください。七十年の人生で、さぞ素晴らしい名誉を手にされたのでしょう。でもぼくには、そんな言葉に耳を貸すなという声が聞こえてならない。ある世代にとっては偉業でも、別の世代は、それこそ難破船のようにその栄光を見捨ててしまえるのだ。ぼくたちは、安心していまよりずっと多くのものを信じていいと思う。

（『WALDEN』 CRW PUBLISHING LIMITEDより）

79

人は、いつの間にか、
同じ道を歩んでしまう。
だから、あえて道を踏みはずすことが、
ときに大事になる。

「ぼくが森を去った理由」

5章：小さく働けば自由になれる——自由を愉しむ極意

> ぼくが森を去ったのは、森にきたときと同じように、それなりの理由があったからだ。ほかにもやってみたいことがあると思った、と言えばいいだろうか。とにかく、それ以上森での生活だけに時間をかけるわけにはいかなかったのだ。ぼくたちは知らず知らずのうちに、いとも簡単に一本の道だけを歩くようになり、いつの間にかそれが唯一の道だと思うようになる。森に住んで一週間と経たないうちにぼくが作った湖への小道は、あれからもう五、六年経つのに、その跡がいまでもはっきり残っている。なにが言いたいかと言えば、ぼくはほかの人がぼくと同じ道しかたどらなくなってしまったのではないかと心配なのだ。土はやわらかく、だれかが歩けばその跡がくっきり残る。そしてぼくたちの心がたどる道も、それとまったく同じなのだ。
>
> (『WALDEN』CRW PUBLISHING LIMITEDより)

# 6章

# ひとりの贅沢は限りない

## 自然を愉しむ極意

# 80

美しい絵を買う必要はない。
森の中の湖は自然の画廊のように、
毎日、新しい絵をかけ替えている。

「美しい絵は買わない」

ぼくは九月に入った頃から、湖の向こう岸にある三本のハコヤナギの白い枝の下で、カエデが二、三本、真っ赤に紅葉しているのに気づいていた。その色が、ぼくにどれだけたくさんの物語を聞かせてくれたことか! 週を追うごとに、それぞれの木はちがう魅力を見せはじめ、湖に映る自分の姿に見惚れているようだった。そしてこの画廊の主人は、毎日やってきては、もっと鮮やかで調和の取れた絵を次々にかけ替えていくのだった。

(「WALDEN」 CRW PUBLISHING LIMITED より)

81

いらない服や家具、
使わなくなったものは、
火をつけて燃やせばいい。

「未開の地に住む人の智恵」

未開の地に住む人々の風習の中には、ぼくたちも真似たほうがいいと思えるものがある。たとえばある部族は、年に一度、町をあげてまるで脱皮にも似た儀式をする。それはバスクと呼ばれ、あらかじめ新しい服、鍋や釜、家具などを用意しておき、それまで着ていた服や不要になったモノをかき集め、家はもちろん町をまるごときれいに掃き清めてから、ゴミもがらくたも、余った穀物も食料品も、すべて一緒に燃やしてしまう。それから住民は薬を飲み、三日間断食したあとで、町じゅうの火を消してまわる。断食の間、町の人たちは一切の食欲と情欲を慎む。さらに恩赦が公布され、罪人たちは故郷に帰ることが許される。そして四日目の朝には、高僧が町の広場で新たな火を起こし、住民たちは一人ひとり、その神聖な火を持ち帰る。そのあと三日間に渡り、収穫したばかりのトウモロコシや果物でお祭り騒ぎをし、それが終わると四日間、同じ風習がある近くの町の友人を招いて楽しいひとときを過ごす。

(『WALDEN』 CRW PUBLISHING LIMITEDより)

# 82

夜明けに、ひとりで、
窓をそっと開け放とう。
世界の永遠の活力が、
そこから入ってくるから。

「世界の熱量を感じる方法」

朝は、英雄たちが活躍した時代をよみがえらせてくれる。空が白みはじめた頃、ドアと窓を開け放って座っていると、どこからともなく部屋を飛ぶ蚊のかすかな羽音が聞こえてきて、思わずぼくは心を奪われてしまう。そのうなりには、名誉をたたえるどんなトランペットも及ばず、まるでホメロスの『イリアス』や『オデュッセイア』の怒りやさすらいが、空中で歌われているかのようだった。それはどこか宇宙的で、命の限り、この世の不変の輝きや繁栄を、飽きることなく訴えているかのように思えた。

〈『WALDEN』CRW PUBLISHING LIMITEDより〉

83

自然そのもののように、
ていねいに今日一日を生きる。
いまという瞬間を心から味わおう。

「ていねいに生きてみる」

自然と同じように、今日という日をていねいに生きよう。クルミの殻や蚊の羽が足元に落ちてきたからといって、いちいち騒いではダメだ。朝は早く起き、不安に心を乱されたりせず、のんびりと朝食をとろう。客がくるのも去るのも、鐘が鳴るのも、子どもが泣くのも、なりゆきに任せよう。ただ、いまという瞬間を心から味わおう。

（『WALDEN』 CRW PUBLISHING LIMITEDより）

84

なにもいらない。
太陽や風はぼくたちであり、
ぼくたちもまた自然なのだから。

「自然は元気をくれる」

光、風、雨、夏、冬……こういった自然の、言葉にはとてもできない汚れのなさや慈しみ深さは、絶えずぼくたちに大きな喜びを与え、身も心も元気にしてくれる。自然は人に深い共感を抱いているので、ぼくたちが悲しくなると、太陽は輝きを失い、風はため息をつき、雲は雨の涙を流し、森は夏でも葉を落とす。ぼくたちは、自然とわかりあえるのではないだろうか？ 実はぼく自身が葉であり、この大地なのではないだろうか？

(『WALDEN』 CRW PUBLISHING LIMITED より)

85

畑、森、草原に、太陽の光は降りそそぐ。
太陽は刈り取ることができない実を、
みのらせている。

「自然は実をみのらせる」

ぼくたちは、太陽が、畑、森、草原を、すべて分け隔てなく見おろしているのを忘れがちだ。照らされた大地は、どこも同じようにその光を反射し吸収する。だからきらめく畑も、太陽にとっては、大地を見渡すときにちらりと目に入る一風景にすぎない。太陽にとって、大地はどこも平等に手入れをした庭なのだ。そう考えると、ぼくたちは太陽からの惜しみない恵みを、同じように惜しみない信頼と懐の深さで受け取らないといけないのではないだろうか。ぼくがマメを大切に育て秋に収穫したからといって、どんな意味があるのだろう？　目の前に広がる、ぼくが何年もかけて耕してきた畑は、ぼくのおかげでここまで育ったなんて思ってない。礼を言うとしたら、恵みの雨を降らせ、青々とした葉をつけさせてくれた太陽にだろう。その実は、本当はぼくがみのらせたものではないのだ。

（『WALDEN』CRW PUBLISHING LIMITEDより）

86

その湖の水は、あまりに澄んでいたので、
水面に映る雲の上を飛んでいるように、
思えた。
魚たちは小鳥の群れに似ていた。

「自然の美しさとは」

気づくと、ぼくは途方もない数の小さなパーチの群れに囲まれていた。五インチほどだろうか。緑色の水にその魚たちのブロンズ色がきらきらと輝き、水面にあらわれてはさざ波を立て、ときには泡を残して去っていった。澄んだ水面には雲がくっきり映り、ぼくはまるで、風船に乗って空をただよっているみたいだった。そして、水の中を泳ぎまわる魚たちの群れは、ぼくのすぐ下を飛んでいく小鳥の群れのようだった。

(『WALDEN』CRW PUBLISHING LIMITED より)

87

本物の豊かさや美しさはいつも手つかずのままだ。
孤独な時間の中で、
はじめてぼくたちはそれに気づく。

「自然の美しさの味わい方」

ホワイト湖とウォールデン湖は地上に息づく水晶で、まさに「輝きの湖」だ。もし、二つが永遠に凍って手のひらほどの大きさになれば、きっとほかの宝石と同じように盗まれて、どこかの皇帝の頭を飾ることになるだろう。でもありがたいことに、どちらもたゆたう水で大きすぎるうえ、不純なモノがなさすぎて、ぼくたちの社会では価値がつけられない。それほど純粋なのだ。ぼくたちの生活とくらべて、この湖たちの美しさといったら！ ぼくたちの卑しさとくらべて、この湖たちの清らかさといったら！ 彼らがぼくたちに、これまで一度も醜い姿を見せたことがあるだろうか？ ぼくたちは自然の美しさをひとつもわかっていない。羽ばたき歌う鳥たちは、花とわかりあっている。それなのにぼくたちは、若者や娘すら、手つかずの自然の豊かさや美しさと手を取りあおうともしない。だから自然は、いつもひっそりと、ぼくたちから距離を置いて輝いているのだ。

(『WALDEN』CRW PUBLISHING LIMITED より)

# 88

うんと遠くまでいこう。
さらに遠く、さらに広く、いこう。
小川や暖炉のそばで学べばいい。

「学校で教えてくれないこと」

ぼくはふと思った。わざわざカワカマスを釣るために、こんなさみしい草原や、ぬかるみだらけの沼地をひたすら歩くなんて、大学まで出た人間のすることではないんじゃないか? でも、虹と澄んだ鐘の音を背に、真っ赤に染まった西の空に向かって丘を駆け下りたとき、ぼくの中の神様がこう言った気がした。好きなだけ遠くに、釣りや狩りに出ればいい。うんと遠くまでいけばいい。そしてつかれたら、小川のほとりでも暖炉の前でも、心おきなく休みなさい。

〈WALDEN〉CRW PUBLISHING LIMITED より

# 89

孤独の中で自分の野生に気づく。
いらないものを捨てて自分を解放することで、
野生的な力がみなぎってくる。

「自分の中の野生の解放の仕方」

森で暮らしていたとき、ぼくは一度か二度、なんだかやけくそになって、飢えた犬のように森をぶらつきながら、なんでもいいから肉はないかと探しまわったことがあった。あのときなら、どんな獣の肉だって食べただろう。どんな残酷な光景にも親しみを感じるようになっていたのだ。あのときも、そしていまも、ぼくの中にはみんなと同じように、より高みを目指したい、つまり精神的な生活を送りたいという気持ちと、一方で、原始的で野蛮な暮らしをしてみたいという衝動が共存している。ぼくは、その両方を大切に思っている。ぼくは、理性と同じくらい野性を愛している。だからたまには、自分の中の野性を解放し、と冒険をあわせ持っているからだ。一日中動物みたいに暮らしてみたいと思うのだ。

（『WALDEN』 CRW PUBLISHING LIMITED より）

90

自分の内なる声に従えばいい。
自分の道を踏みはずすところまでいく。
自然界が祝福するまでいく。

「自分の道の歩き方」

ついに道を踏みはずすまで、自分の内なる声に従ってみた人はだれもいない。そんなことをすれば、たぶん体はボロボロになる。でもたとえそうでも、決して無意味とは言えないはずだ。なぜなら、それはより高みを目指して生きた結果だからだ。もし、朝と夜がくるたびに喜びに包まれ、毎日が草花のように香りたち、星のように輝き、もっとしなやかになって宇宙の心理に近づけたと感じられれば、それは成功と言えるだろう。そのとき、自然はぼくたちを祝福し、ぼくたちも自分自身を祝福できる。この世でいちばん大切なものは、ぼくたちにはいちばん理解が難しい。だから、その存在さえすぐ疑ってしまう。そして理解してもすぐ忘れてしまう。でも、その高みこそが真実なのだ。おそらく、魂を揺さぶられるような真実は、人から人へ伝えられるものではない。ぼくの毎日の真の実りは、朝焼けや夕焼けの色あいのように、触れることも言葉にもできない。それはいわば、つかみ取った星くずや、虹のかけらなのだ。

(『WALDEN』 CRW PUBLISHING LIMITED より)

# 91

果物を、
すべて食べ物としてドルの天秤に、
かけてはいけない。
少し立ち止まって、
その姿の美しさや香りを楽しむのだ。
人はそれだけで満足できる。

「ごちそうは目で楽しむ」

十月になると、ぼくは川沿いの牧草地へブドウ狩りに出かけ、味よりも美しさや香りに心を弾ませながら、背中にしょって小屋に持ち帰った。そこにはほかにもクランベリーが実り、つやつやした赤い実は、まるで宝石かペンダントのようだった。でも農夫たちは、熊手でその実をむしり取り、平和な野を荒らし、まるで機械のようにその実を天秤にかけてはドルに換算し、ニューヨークやボストンに売り飛ばしていった。それらはやがてつぶされてジャムになり、都会の自然愛好家と名のるヤツらの食卓に並ぶのだ。同じように、肉屋は大草原にいる牛を追いまわして、その舌をかき集める。花を踏もうが、草を折ろうが関係ない。ぼくにとってベリーは、美しさを愛で、目で楽しむごちそうなのだ。

(『WALDEN』 CRW PUBLISHING LIMITED より)

92

なるべく火を使わない。
夏が残していった、
十一月の太陽の温もりで、
体をあたためることができる。
健康はこんな温もりで養われる。

「自然の暖炉の使い方」

いよいよ十一月の冬ごもりの前になると、ぼくはまるでスズメバチのように、決まってウォールデン北東へ足を伸ばした。そこにいけば、マツ林と湖に照り返された太陽が、まるで自然の暖炉のようにぼくをあたためてくれたからだ。太陽がそうしてくれる間は、それに身をゆだねたほうが、人工的な火であたたまるよりずっと気持ちがいいし体にもいい。そう思ったので、ぼくは夏が置いていった残り火で、自分の体をあたためた。

(『WALDEN』 CRW PUBLISHING LIMITED より)

93

まわりに畏怖の念を抱けば、
生きていけるだけの恵みを、
与えてくれる。

「森を保護する」

ある旅行作家は、昔のイングランドの森の境界について、こんなふうに述べている。「森に勝手に侵入し、家や柵を作るのは、昔の森林法では極めて重い罪とされ、動物や森を傷つけるとして厳罰に処されていた」。ぼくも、動物や森の保護については、猟師や木こりよりずっと関心がある。森の一部が焼けたと聞けば、ぼくはしばらくの間、所有者以上に深く悲しみ、なかなか立ち直れなかった。ぼくが農夫たちに願うのは、木を切り倒すとき、少しでも森に対して畏敬の念を持ってほしいということだ。古代ローマ人たちは、光が差し込むよう、やむなく森を切り開くとき、この気持ちを決して忘れなかった。そして償いの捧げものをしてこう祈った。「この森にいらっしゃる神よ。どうか、わたしたち一族と、そして子どもたちに恵みをお与えください」。

《WALDEN》 CRW PUBLISHING LIMITED より

# 94

森の中の小さな家で、
一緒に暮らしたのは、
「火」だった。
それは大切に扱えば、
決して裏切ることはない。

「ただひとりの同居人の正体」

切りたての生木は、少しくべるだけで、ほかのどんな薪より役に立った。冬の午後、ぼくはときどき暖炉をつけたまま散歩に出た。すると三、四時間して帰ってきても、暖炉はまだ真っ赤に燃えていた。火がしっかり留守番をしてくれていたのだ。それはまるで、陽気なお手伝いさんに留守を任せているようだった。彼女は、森の小屋でのぼくのただひとりの同居人だった。実に頼れる、素晴らしい女性だった。

(『WALDEN』CRW PUBLISHING LIMITED より)

# 95

用心深くあたたかさを探していく。
備えればしのげない冬はない。

「寒い冬の越し方」

モグラがぼくの小屋の地下室に住みついて、ジャガイモを三つにひとつはかじり、しっくいを塗ったときのブラシの毛と古紙でふかふかの寝床を作っていた。厳しい自然界で暮らす動物も、人と同じように、居心地のよさやあたたかさを求めるのだ。そして備えさえ怠らなければ、ちゃんと冬は越せるのだ。

（『WALDEN』 CRW PUBLISHING LIMITEDより）

# 96

自然の中に溶け込めば、
失うものはひとつもない。
たとえ戦争が起きても、
自然の中に身を隠す、
茂みさえあれば生きていける。

「自然の中にすべてがある」

ウサギとエリマキライチョウのいない森なんて、どんなにつまらないだろう。彼らこそ、森の主の代表格だ。昔から代々森に暮らしてきた由緒正しい家柄なのだ。彼らは色も性格も自然そのもので、落ち葉や土とだれよりも親しく、そしておたがいも仲がいい。違いと言えば、ついているのが羽か足かくらいだ。ウサギやエリマキライチョウがさっと逃げ出すのを見ると、なんだか動物というより木の葉のざわめきのような、ありふれた自然のワンシーンを見ているような気分になる。彼らは森の主らしく、どんな革命騒ぎが起きてもきっと生き残りつづけるだろう。たとえ森が切り倒されても、若芽や茂みが彼らをかくまい、ますます増えていくはずだ。

（『WALDEN』 CRW PUBLISHING LIMITED より）

# 97

「自然」のすべてを、
私たち人間は知ることはできない。
だから、自然はいつまでも意外な一面を、
見せてくれる。
それが自然の法則だ。

「自然の法則とは」

もし、ぼくたちがあらゆる自然の法則を理解していれば、物事の断片を知ったり、事実を説明してもらうだけで、そのあとどんな結果になるか言いあてられるだろう。でも、ぼくたちが知っているのはごく一部だ。だから当然、予想した結末に誤差が生じる。いま言ったように、これは自然側のミスではなく、ぼくたちの無知によって引き起こされる。ぼくたちは、自分が見つけた事実の範囲内でしか、自然界の成り立ちを理解できない。でも自然は、一見反発しているようで引かれあっている無数の法則でできていて、だからこそ世界はこんなにも美しい。ぼくたちの視点が導き出す法則は、いくつもあるうちのひとつの結果にすぎない。それはたとえば、旅人が山を登るとき、一歩進むごとに山の表情が変わっていくのと似ている。山を切り裂いても掘っても、そのすべての表情を知ることは不可能なのだ。

（『WALDEN』 CRW PUBLISHING LIMITEDより）

98

心を動かす最高点と最深点を計算する。
それがその人の深みだ。

「平均の法則とは何か」

ぼくがウォールデン湖を観察して導き出した法則は、人にもあてはまる。それは平均の法則だ。湖の深さをはかっていて気づいたこの法則は、太陽までの距離やぼくたちの心臓の位置を探りあてられるだけでなく、その人が毎日どんなふうに行動し、どんなことに心を動かされているかがわかれば、人としての深みや大きさをはじき出せてしまう。計算に必要なのは、心の岸辺の様子だけだ。それさえわかれば、ぼくたちの人としての深さは、その限界点さえも包み隠さず、すべて明るみに出る。

(『WALDEN』CRW PUBLISHING LIMITEDより)

99

この星から奪えるものはない。
人間を含め、
あらゆる生き物は地球の寄生物である。

「大地は老いない」

地球は、考古学者や地層学者が好んで研究するような、過ぎ去った歴史の断片でもなければ、分厚い本のような地層の積み重ねでもない。たとえるなら若葉をふるわす木で、生きている詩だ。大地は決して老いぼれてなどおらず、しっかり息をしている。そんな地球の力強い鼓動にくらべれば、どんな動植物も、ただ地球に寄生していると言っていい。大地がうめき声をあげれば、ぼくたちの抜け殻なんてあっという間に掘り返されてしまうだろう。ぼくは目の前で金属をどんなきれいな鋳型に流し込まれても、この大地がとけて織りなす風景とくらべれば、まったく心を動かされない。そして大地の上に積みあげられてきたあらゆるものも、職人の手の中の粘土のように、次々と形を変えていくのだ。

(『WALDEN』 CRW PUBLISHING LIMITED より)

# 100

冬には、
はかない美しさが潜んでいる。
夏の美しさを引き立てているのだ。

「夏の美しさを引き立てるもの」

ぼくがとりわけ好きなのは、羊毛草《ウールグラス》の穂が描く曲線と、ふさふさした綿毛だ。この草を見ると、ぼくは冬でも夏の記憶がよみがえる。芸術家が好んで描きたがる形であり、この草は、人が美しいと思う要素をおよそ持ちあわせていると言っていい。その美の歴史は、ギリシャやエジプト美術よりさらに昔にさかのぼる。冬の景色には、言葉では表現できない健気さと、触れると壊れそうな美しさが潜んでいる。よく、冬は傲慢で荒々しい暴君にたとえられるけれど、本当は、夏という恋人の髪を優しく結ってやっているのだ。

（『WALDEN』 CRW PUBLISHING LIMITEDより）

101

春、それは新しい宇宙のはじまり。
これからの一年を、
輝かしく生きよう。

「春の訪れが教えてくれること」

どの季節もめぐってくれれば素晴らしく思えるけれど、春の訪れはカオスの終わりと宇宙のはじまり、そして黄金時代の到来をぼくたちに思い起こさせてくれる。

（『WALDEN』 CRW PUBLISHING LIMITED より）

## 訳者の言葉
# 「幸せの物差し」をひとりで探しに行く

森の中の小さな小屋で、二年半、ひとりきりで生活する。

そんな暮らしを想像したとき、あなたならどんな気持ちになるでしょう？

こわい。さみしい。電気は？　ガスは？　食事だってどうするの？

第一、そんなに長い間、誰にも会わないなんて耐えられない。

そんなことを思うでしょうか。

私たちが生きているいまの社会で「ひとりきり」になるのは、たやすいことではありません。会社に行けば嫌でも色々な人と顔を合わせるし、そうでなくとも、多くの人はスマートフォンの小さな画面で、四六時中、誰かとつながっています。

つながっているのに、さみしい。満たされない。

そんな思いが、いまの世の中、あちこちに渦巻いているように思います。

ご覧のとおり、ソローはひとりです。でも、さみしそうでしょうか？ 孤独でしょうか？ 満たされない思いが、彼の中に渦巻いていたでしょうか？

暖炉の火に照らされる彼の横顔も、日の出に立ち会う彼の後ろ姿も、全然さみしそうではありません。むしろ、そこにあるのは喜びです。春の訪れに頬をゆるめ、紅葉の美しさに息をのみ、魚たちが作り出す神秘的な水面の揺らめきに魅せられる彼の心にあるのは、生きている喜びだけです。

世間からどれだけ切り離されようが、人付き合いがどれだけ苦手だろうが、そんなの生きる喜びになんの影響も与えない。

ソローは私たちが忘れかけているそんな事実を、身をもって証明してくれています。

そんなことより、自然をごらん！ 太陽の光を今日も浴びれるということを、季節の移り変わりを目撃できるということを、よく考えてごらん！ それだけですばらしいじゃないか。そんなはち切れんばかりの喜びに、ひとりぼっちであるはずのソローの心は溢れています。

そういえば、ソローに影響を受けたアメリカの絵本作家、ターシャ・テューダーは、こんな言葉を残しています。「心は一人ひとり違います。その意味では、人はいつも〝ひとり〟なのよ」

人は、元々ひとり。生まれるときもひとりで、死ぬときもひとりで死んでいく。ならば、私たちが誰かとつながりたいと願うのは、いったい何のため？　ソローはその答えを、私たちを花と実にたとえて、「ふわりといい香りをただよわせる花」どうしが、「交わることでおたがいが精神的に熟していける」関係を築くためだと述べています。

ひとりの孤独を埋めるためではなく、異なる色や香りを持った花が出会い、新たな実を結ぶことが、本来私たちが求めている「つながり」なのではないでしょうか。

人はみな、ひとり。でもそれはちっとも孤独なことではないし、自然に触れることで心は満たされ、私たちは自分が本来持っていたはずの色や香りに気づき、それをもっと濃くできる。それにいち早く気づいて、多くの人が森に落としてきた「しあわせの物差し」を、ソローはひとりで探しに行ったのだと思います。

目を外へ外へと向けるのが良しとされるいまの時代。ちょっと立ち止まって、あえて自分の孤独に向き合えば、ソローの言う、湖の底のような「人としての深み」に近づけるかもしれません。そしてそのためには、私たちが本来一部であるはずの自然の手助けが欠かせないのです。

みなひとりで、みな違う花だと思えば、ひとりで風に吹かれているのが当たり前。一人ひとりが自分の孤独を愛おしく思えることこそが、その人だけの「しあわせ」の根っこを育てていくのだと、ソローの言葉は私たちに気づかせてくれます。ソローはこうも言っています。「もし、屋根裏の隅にクモみたいに閉じ込められても、夢を持ち続ける限り、ぼくたちの世界はちっとも狭くなったりしない」

ソローが「生きている詩」と呼ぶ地球の美しさを、私たちはこの目で、きちんと目撃できているでしょうか。「星の数ほどある原始的な楽しみ」を、少しは味わえているでしょうか。

前回とは違う視点から切り込んだソローの言葉に対して、こうしてまた自分の思いを綴る機会を頂けたことに感謝します。どうかこの本を手に取られたみなさんの毎日が、「朝と夜がくるたびに喜びに包まれ、草花のように香りたち」ますように。

季節は、これから春です。私もこの目で、「生きている詩」をたっぷりと味わいたいと思います。

梅のつぼみがほころぶ頃に。

増田沙奈

## ヘンリー・D・ソローについて

ソローは、1812年に、アメリカのマサチューセッツ州のコンコードという町で生まれた。

コンコードはニューイングランドの古都ボストンから北西に30キロほどいったところにあり、独立戦争の古戦場として知られたこの田舎の地で、前世紀前半のある時期、のちの時代に名を残す多くの思想家や作家が住みつきそれぞれ独自の活動を展開した。

ソローもその一人で、ニューイングランドの自然の空間を果てしなく広大な宇宙に見立てて、独自の思索を深めていった。

ソローは、ハーバード大学を卒業してから、小学校の教師や、私塾の経営者をやったが、塾を一緒に経営していた兄が死んでからは、一生、定職に就かなかった。

彼は、自由にものを書く時間がほしかった。

だから、たったひとりで都会の生活を捨てて、1845年の夏、ウォールデン湖の森の中に丸太小屋をつくり自給自足の生活をはじめた（二年二カ月ものあいだ！）。孤独を愛したソローの言葉は、それからの世界に大きな影響を与えた。レイチェル・カーソン、ターシャー・テューダー、アーネスト・シートン、ジョン・ミューア、ゲーリー・スナイダー、トルストイ…。

多くの作家や芸術家たちが、ソローの『ウォールデン』を、バイブルとして読んでいた、といわれている。

【ソローの主要な本】

『森の生活〈上・下〉ウォールデン』

飯田 実（訳） 岩波書店（1995/9/18）

ソローの代名詞であり、人生において本当に必要なモノはなにかを問いかけた作品。

『市民の反抗―他五篇』

飯田 実（翻訳） 岩波書店（1997/11/17）

国家に対する個人の良心、地球環境の保全、自然の中でのシンプルな生活、消費社会の到来など、全人類的な課題が先取りされた代表的な作品6篇が収録されています。

『歩く』 山口 晃（翻訳） ポプラ社（2013/9/11）

人間と社会の根本基盤を問う晩年の講演エッセイ「歩く」の新訳に加えて、「歩かれた世界」を読み解く生前のエピソードを収録したものです。

『コッド岬―海辺の生活』

飯田実（翻訳）　工作舎（1993/11）
「詩人博物学者」としての視点で、厳しいコッド岬の自然と、そこで暮らす人間のたくましい生活ぶりを活写しています。

『ソロー日記 春・夏』
山口晃（翻訳）　彩流社（2013/12/2）
ソローの人となり、その清貧な思想をより深く知るためには必読と言えます。

『一市民の反抗―良心の声に従う自由と権利』
山口晃（翻訳）　文遊社（2005/06）
ガンディー、キング牧師の市民的不服従へと受け継がれた本。

『WALDEN』HENRY DAVID THOREAU COLLECTORSLIBRARY

ヘンリー・D・ソロー

訳 増田沙奈(各左頁)

各項目見出し 星野響(各右頁)

はじめに 興陽館編集部

## 【参考文献】

『森の生活　ウォールデン』（上下）飯田実訳　岩波文庫
『ウォールデン　森の生活』今泉吉晴訳　小学館
『メインの森』小野和人訳　講談社学術文庫
『森を読む　種子の翼に乗って』伊藤詔子訳　宝島社
『英語で読みたいヘンリー・ソロー珠玉の名言』新井えり訳　IBCパブリッシング

本書は『モノやお金がなくても豊かに暮らせる』を改題の上、再編集しました。

## 孤独は贅沢
### ひとりの時間を愉しむ極意

2017年5月1日　初版第一刷発行
2021年1月10日　　　　第二刷発行

著　　者　ヘンリー・D・ソロー

翻　　訳　増田沙奈

構　　成　星野響

翻訳協力　株式会社トランネット

発行者　笹田大治
発行所　株式会社興陽館
　　　　〒113-0024
　　　　東京都文京区西片1-17-8 KSビル
　　　　TEL 03-5840-7820
　　　　FAX 03-5840-7954
　　　　URL https://www.koyokan.co.jp
　　　　振替 00100-2-82041

装　　幀　長坂勇司（nagasaka design）
校　　正　新名哲明
編集補助　宮壽英恵
編 集 人　本田道生
印　　刷　惠友印刷株式会社
Ｄ Ｔ Ｐ　有限会社ザイン
製　　本　ナショナル製本協同組合

©KOYOKAN 2017
Printed in Japan
ISBN978-4-87723-215-3 C0095

乱丁・落丁のものはお取替えいたします。
定価はカバーに表示しています。
無断複写・複製・転載を禁じます。

# アルフレッド・アドラーの本

## 問題のある子ども
なにが、神経症を引き起こすのか
坂東智子 訳

ISBN978-4-87723-267-2 C0011

本体 2,600円+税

## 生きる勇気
なにが人生を決めるのか
坂東智子 訳

ISBN978-4-87723-261-0 C0011

本体 1,700円+税

## 性格の法則
あのひとの心に隠された秘密
長谷川早苗 訳

ISBN978-4-87723-256-6 C0011

本体 1,500円+税

## 人間の本性
人間とはいったい何か
長谷川早苗 訳

ISBN978-4-87723-251-1 C0011

本体 1,500円+税

## なぜ心は病むのか
いつも不安なひとの心理
長谷川早苗 訳

ISBN978-4-87723-242-9 C0095

本体 1,600円+税

## 生きる意味
人生にとっていちばん大切なこと
長谷川早苗 訳

ISBN978-4-87723-232-0 C0095

本体 1,700円+税

## 「自分は自分」でうまくいく
## 最強の生き方

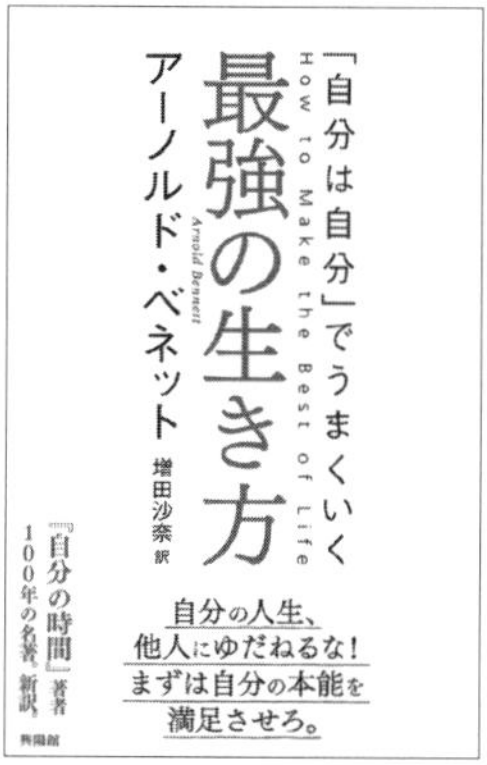


アーノルド・ベネット 著
増田沙奈 訳

本体 1,000円+税
ISBN978-4-87723-209-2 C0030

あなたの生き方は、自分自身を満足させているか？数えきれない成功者・一流人に読み継がれた「最強哲学」！あなたがあなた自身の先生になれ。最高の人生に終わりはない。他人の期待にふりまわされるな。眠ろうとして眠れない夜、どうすればいい？100年の名著。新訳。

---

## 自信
## エマソンの『経験』と『自己信頼』新訳

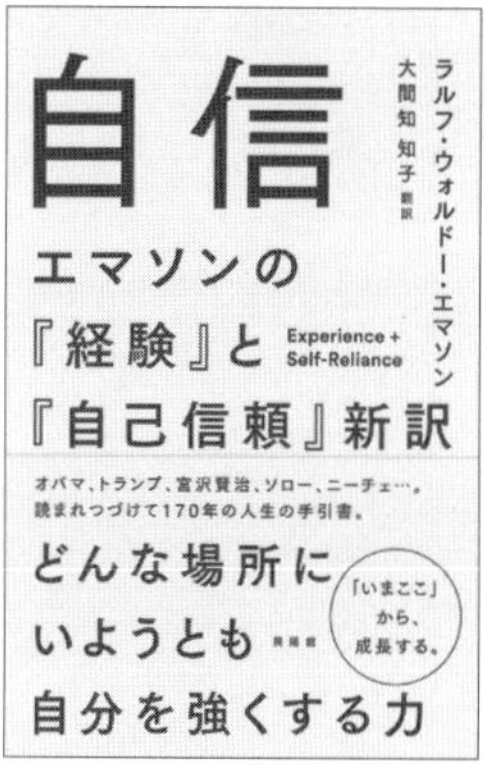


ラルフ・ウォルドー・エマソン 著
大間知知子 訳

本体 1,100円+税
ISBN978-4-87723-224-5 C0095

自分のいる場所で、たとえ実際の仲間や環境がどれほどつまらなく嫌気のさすものであってもそれを受け入れて、この一瞬一瞬を生きる。宮沢賢治から、ソロー、アメリカ大統領のトランプ、オバマまで愛読し、座右の銘とした著者渾身のメッセージ。新訳！

# 新訳 ペスト

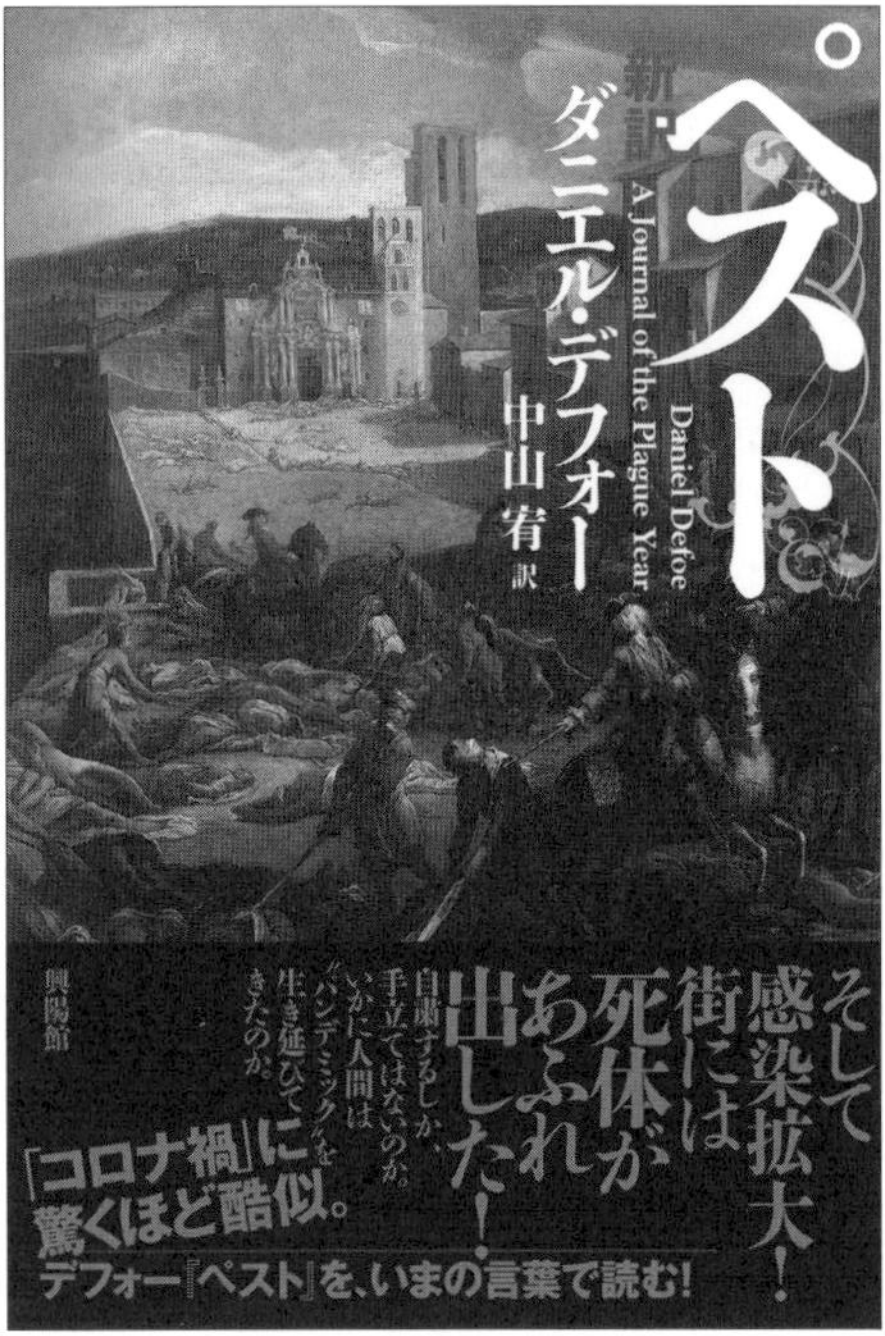


ダニエル・デフォー　著
中山 宥　訳

本体 1,800円+税
ISBN978-4-87723-262-7 C0011

パンデミック到来! 自粛するしか手立てはないのか!

17世紀、ロンドンで10万人の死者を出したペスト。都市は閉鎖され、政府は自粛を要請、それでも感染はとまらない。病院は死体であふれだす。ウイルスという見えない敵に恐怖する人々。ウイルスと人間との攻防を描いた17世紀の記録小説が現代新訳に。